阅读之前 没有真相

午 夜 文 库

阿加莎·克里斯蒂

赫尔克里·波洛系列

阿加莎·克里斯蒂

Agatha Christie (1890—1976)

无可争议的侦探小说女王，侦探文学史上最伟大的作家之一。

阿加莎·克里斯蒂原名为阿加莎·玛丽·克拉丽莎·米勒，一八九〇年九月十五日生于英国德文郡托基的阿什菲尔德宅邸。她几乎没有接受过正规的教育，但酷爱阅读，尤其痴迷于歇洛克·福尔摩斯的故事。

第一次世界大战期间，阿加莎·克里斯蒂成了一名志愿者。战争结束后，她创作了自己的第一部侦探小说《斯泰尔斯庄园奇案》。几经周折，作品于一九二〇年正式出版，由此开启了克里斯蒂辉煌的创作生涯。一九二六年，《罗杰疑案》由哈珀柯林斯出版公司出版。这部作品一举奠定了阿加莎·克里斯蒂在侦探文学领域不可撼动的地位。之后，她又陆续出版了《东方快车谋杀案》《ABC 谋杀案》《尼罗河上的惨案》《无人生还》《阳光下的罪恶》等脍炙人口的作品。时至今日，这些作品依然是世界侦探文学宝库里最宝贵的财富。根据她的小说改编而成的舞台剧《捕鼠器》，已经成为世界上公演场次最多的剧目；而在影视改编方面，《东方快车谋杀案》为英格丽·褒曼斩获奥斯卡大奖，《尼罗河上的惨案》更是成为几代人心目中的经典。

阿加莎·克里斯蒂的创作生涯持续了五十余年，总共创作了八十余部侦探小说。她的作品畅销全世界一百多个国家和地区，累计销量已经突破二十亿册。她创造的小胡子侦探波洛和老处女侦探马普尔小姐为读者津津乐道。阿加莎·克里斯蒂是柯南·道尔之后最伟大的侦探小说作家，是侦探文学黄金时代的开创者和集大成者。一九七一年，英国女王授予克里斯蒂爵士称号，以表彰其不朽的贡献。

一九七六年一月十二日，阿加莎·克里斯蒂逝世于英国牛津郡沃灵福德家中，被安葬于牛津郡的圣玛丽教堂墓园，享年八十五岁。

阿加莎·克里斯蒂 侦探作品年表

波洛系列

1920 The Mysterious Affair at Styles《斯泰尔斯庄园奇案》
1923 Murder on the Links《高尔夫球场命案》
1924 Poirot Investigates《首相绑架案》
1926 The Murder of Roger Ackroyd《罗杰疑案》
1927 The Big Four《四魔头》
1928 The Mystery of the Blue Train《蓝色列车之谜》
1932 Peril at End House《悬崖山庄奇案》
1933 Lord Edgware Dies《人性记录》
1934 Murder on the Orient Express《东方快车谋杀案》
1935 Three—Act Tragedy《三幕悲剧》
1935 Death in the Clouds《云中命案》
1936 The ABC Murders《ABC 谋杀案》
1936 Murder in Mesopotamia《古墓之谜》
1936 Cards on the Table《底牌》
1937 Dumb Witness《沉默的证人》
1937 Death on the Nile《尼罗河上的惨案》
1937 Murder in the Mews《幽巷谋杀案》
1938 Appointment with Death《死亡约会》
1938 Hercule Poirot's Christmas《波洛圣诞探案记》
1940 Sad Cypress《H 庄园的午餐》
1940 One, Two, Buckle My Shoe《牙医谋杀案》
1941 Evil Under the Sun《阳光下的罪恶》
1943 Five Little Pigs《五只小猪》
1946 The Hollow《空幻之屋》
1947 The Labours of Hercules《赫尔克里· 波洛的丰功伟绩》
1948 Taken at the Flood《顺水推舟》
1952 Mrs. McGinty's Dead《清洁女工之死》
1953 After the Funeral《葬礼之后》
1955 Hickory Dickory Dock《山核桃大街谋杀案》
1956 Dead Man's Folly《弄假成真》
1959 Cat Among the Pigeons《鸽群中的猫》
1960 The Adventure of the Christmas Pudding《雪地上的女尸》

1963 The Clocks《怪钟疑案》
1966 Third Girl《第三个女郎》
1969 Hallowe'en Party《万圣节前夜的谋杀》
1972 Elephants Can Remember《大象的证词》
1974 Poirot's Early Stories《蒙面女人》
1975 Curtain—Poirot's Last Case《帷幕》

马普尔小姐系列

1930 The Murder at the Vicarage《寓所谜案》
1932 The Thirteen Problems《死亡草》
1942 The Body in the Library《藏书室女尸之谜》
1943 The Moving Finger《魔手》
1950 A Murder Is Announced《谋杀启事》
1952 They Do It with Mirrors《借镜杀人》
1953 A Pocket Full of Rye《黑麦奇案》
1957 4.50 from Paddington《命案目睹记》
1962 The Mirror Crack'd from Side to side《破镜谋杀案》
1964 A Caribbean Mystery《加勒比海之谜》
1965 At Bertram's Hotel《伯特伦旅馆》
1971 Nemesis《复仇女神》
1976 Sleeping Murder《沉睡谋杀案》
1979 Miss Marple's Final Cases《马普尔小姐最后的案件》

其他系列及非系列

1922 The Secret Adversary《暗藏杀机》
1924 The Man in the Brown Suit《褐衣男子》
1925 The Secret of Chimneys《烟囱别墅之谜》
1929 Partners in Crime《犯罪团伙》
1929 The Seven Dials Mystery《七面钟之谜》
1930 The Mysterious Mr. Quin《神秘的奎因先生》
1931 The Sittaford Mystery《斯塔福特疑案》
1933 The Witness for the Prosecution《控方证人》
1934 Why Didn't They Ask Evans?《悬崖上的谋杀》
1934 The Listerdale Mystery《金色的机遇》

阿加莎·克里斯蒂 侦探作品年表

1934　Parker Pyne Investigates《惊险的浪漫》

1939　Murder Is Easy《逆我者亡》

1939　And Then There Were None《无人生还》

1941　N or M?《桑苏西来客》

1944　Towards Zero《零点》

1945　Sparkling Cyanide《闪光的氰化物》

1945　Death Comes as the End《死亡终局》

1949　Crooked House《怪屋》

1950　Three Blind Mice and Other Stories《三只瞎老鼠》

1951　They Came to Baghdad《他们来到巴格达》

1954　Destination Unknown《地狱之旅》

1958　Ordeal by Innocence《奉命谋杀》

1961　The Pale Horse《灰马酒店》

1967　Endless Night《长夜》

1968　By the Pricking of My Thumbs《煦阳岭的疑云》

1970　Passenger to Frankfurt《天涯过客》

1973　Postern of Fate《命运之门》

1997　While the Light Lasts《灯火阑珊》

出版前言

纵观世界侦探文学一百七十余年的历史，如果说有谁已经超脱了这一类型文学的类型化束缚，恐怕我们只能想起两个名字——一个是虚构的人物歇洛克·福尔摩斯，而另一个便是真实的作家阿加莎·克里斯蒂。

阿加莎·克里斯蒂以她个人独特的魅力创造了侦探文学史上无数的传奇：她的创作生涯长达五十余年，一生撰写了八十余部侦探小说；她开创了侦探小说史上最著名的“黄金时代”；她让阅读从贵族走入家庭，渗透到每个人的生活中；她的作品被翻译成一百多种文字，畅销全球一百五十余个国家，作品销量与《圣经》《莎士比亚戏剧集》同列世界畅销书前三名；她的《罗杰疑案》《无人生还》《东方快车谋杀案》《尼罗河上的惨案》都是侦探小说史上的经典；她是侦探小说女王，因在侦探小说领域的独特贡献而被册封为爵士；她是侦探小说的符号和象征。她本身就是传奇。沏一杯红茶，配一张躺椅，在暖暖的阳光下读阿加莎的小说是一种生活方式，是惬意的享受，也是一种态度。

午夜文库成立之初就试图引进阿加莎的作品，但几次都与版权擦肩而过。随着午夜文库的专业化和影响力日益增强，阿加莎·克里斯蒂的版权继承人和哈珀柯林斯出版公司主动要求将版权独家授予新星出版社，并将阿加莎系列侦探小说并入午夜文库。这是对我们长期以来执着于侦探小说出版的褒奖，是对我们的信任与鼓励，更是一种压力和责任。

新版阿加莎·克里斯蒂作品由专业的侦探小说翻译家以最权威的英文版本为底本，全新翻译，并加入双语作品年表和阿加莎·克里斯蒂家族独家授权的照片、手稿等资料，力求全景展现“侦探女王”的风采与魅力。使读者不仅欣赏到作家的巧妙构思、离奇桥段和睿智语言，而且能体味到浓郁的英伦风情。

阿加莎作品的出版是一项系统工程，规模庞大，我们将努力使之臻于完美。或存在疏漏之处，欢迎方家指正。

新星出版社

午夜文库编辑部

Agatha Christie

Over the next few years, we plan to celebrate two very important Agatha Christie anniversaries. In 2015, it is the 125th anniversary of her birth in Torquay, South Devon, England, and in 2020 it will be 100 years after her first book, THE MYSTERIOUS AFFAIR AT STYLES, featuring her famous detective, Hercule Poirot, was published. This is therefore a very appropriate moment to publish a new edition of her works, and I am delighted that HarperCollins has chosen to work with New Star on these new editions. New Star is China's top crime publisher, and has a strong and dedicated editorial staff and a confirmed passion for Agatha Christie, making them the ideal partner. It is the right time to make these classic books available in modern translations and so to bring Agatha Christie's books anew to her many fans in China, giving them a new reason to re-read these much-loved stories, as well as introducing them to a whole new audience. How delighted Agatha Christie would have been that her stories (as she called them) are still giving so much pleasure to so many people all over the world!

I think there are two very remarkable things about Agatha Christie's stories. The first is that they are so adaptable. It doesn't really matter which language they appear in, the stories and the plots still give the same thrill, still provide the same puzzles, and the characters still have the same attraction. Readers in China will I am sure enjoy Hercule Poirot and Miss Marple just as much as we do in England, and readers in China will still be transfixed by the surprises and horrors of AND THEN THERE WERE NONE, one of the great classics of 20th century detective fiction, as we are here.

Agatha Christie

The second is that the stories give a wonderful picture of England, particularly rural England, at the time Agatha Christie lived. She wrote books from 1920 until 1970 but it is sometimes hard to tell which part of her life each book was written in. Her characters and the life they lived were very much the same. The life we all live is changing very quickly these days but "the Agatha Christie world" stays the same. Perhaps the Miss Marple stories provide the best example of this, and in some ways THE BODY IN THE LIBRARY and NEMESIS are quite similar, despite the fact that thirty years elapsed between the time they were written.

Perhaps I might end by mentioning three Agatha Christies (other than the ones mentioned above) which I think demonstrate why she is so popular, even in the twenty-first century. The first is MURDER ON THE ORIENT EXPRESS, one of the most famous with one of the most ingenious and human plots. Read this on one of your long train journeys in China! Next is A MURDER IS ANNOUNCED, a Miss Marple which was her 50th book. It has my favourite murderer in it! And last is ENDLESS NIGHT a story about evil and how it affects three young people, written at the time when I knew her best, and understood how deeply she cared and sympathised with young people and the world they lived in.

Whichever are your favourites I hope you enjoy these stories that New Star are introducing to you again. I think it is a great publishing event.

Mathew Prichard

Grandson of Agatha Christie

Chairman of Agatha Christie Ltd

致中国读者

（午夜文库版阿加莎·克里斯蒂作品集序）

在接下来的几年中，我们将要筹备两个非常重要的关于阿加莎·克里斯蒂的纪念日。二〇一五年是她的一百二十五岁生日——她于一八九〇年出生于英国的托基市；二〇二〇年则是她的处女作《斯泰尔斯庄园奇案》问世一百周年的日子，她笔下最著名的侦探赫尔克里·波洛就是在这本书中首次登场。因此新星出版社为中国读者们推出全新版本的克里斯蒂作品恰逢其时，而且我很高兴哈珀柯林斯选择了新星来出版这一全新版本。新星出版社是中国最好的侦探小说出版机构，拥有强大而且专业的编辑团队，并且对阿加莎·克里斯蒂的作品极有热情，这使得他们成为我们最理想的合作伙伴。如今正是一个良机，可以将这些经典作品重新翻译为更现代、更权威的版本，带给她的中国书迷，让大家有理由重温这些备受喜爱的故事，同时也可以将它们介绍给新的读者。如果阿加莎·克里斯蒂知道她的小故事们（她这样称呼自己的这些作品）仍然能给世界上这么多人带来如此巨大的阅读享受，该有多么高兴啊！

我认为阿加莎·克里斯蒂的作品有两个非常重要的特征。首先它们是非常易于理解的。无论以哪种语言呈现，故事和情节都同样惊险刺激，呈现给读者的谜团都同样精彩，而书中人物的魅力也丝毫不受影响。我完全可以肯定，中国的读者能够像我们英国人一样充分享受赫尔克里·波洛和马普尔小姐带来的乐趣；中国读者也会和我们一样，读到二十世纪最伟大的侦探经典作品——比如《无人生还》——的时候，被震惊和恐惧牢牢钉在原地。

第二个特征是这些故事给我们展开了一幅英国的精彩画卷，特别是阿加莎·克里斯蒂那个年代的英国乡村。她的作品写于二十世纪二十年代至七十年代间，不过有时候很难说清楚每一本书是在她人生中的哪一段日子里写下的。她笔下的人物，以及他们的生活，多多少少都有些相似。如今，我们的生活瞬息万变，但“阿加莎·克里斯蒂的世界”依旧永恒。也许马普尔小姐的故事提供了最好的范例：《藏书室女尸之谜》与《复仇女神》看起来颇为相似，但实际上它们的创作年代竟然相差了三十年。

最后，我想提三本书，在我心目中（除了上面提过的几本之外）这几本最能说明克里斯蒂为什么能够一直受到大家的喜爱。首先是《东方快车谋杀案》，最著名，也是最机智巧妙、最有人性的一本。当你在中国乘火车长途旅行时，不妨拿出来读读吧！第二本是《谋杀启事》，一个马普尔小姐系列的故事，也是克里斯蒂的第五十本著作。这本书里的诡计是我个人最喜欢的。最后是《长夜》，一个关于邪恶如何影响三个年轻人生活的故事。这本书的写作时间正是我最了解她的时候。我能体会到她对年轻人以及他们生活的世界关心至深。

现在新星出版社重新将这些故事奉献给了读者。无论你最爱的是哪一本，我都希望你能感受到这份快乐。我相信这是出版界的一件盛事。

阿加莎·克里斯蒂外孙
阿加莎·克里斯蒂有限责任公司董事长
马修·普理查德
二〇一三年二月二十日

阿加莎·克里斯蒂侦探作品集64

三幕悲剧

Three Act Tragedy

（英）阿加莎·克里斯蒂 著
范祥镇 译

新 星 出 版 社　NEW STAR PRESS

致我的朋友，

乔佛里和维奥莱特·施普斯顿

目 录

目 录

第一幕　怀疑

第一章　鸦巢

萨特思韦特先生坐在“鸦巢”的露台上，望着屋主查尔斯·卡特莱特爵士从海边爬上小路。

鸦巢是一座看上去不错的现代单层小屋。它没有半木架构，没有山墙，也没有三流建筑师心爱的赘饰。它是一座简约的白色建筑，颇为结实，只是在尺寸上有些欺骗性，因为它其实比看上去要大很多。鸦巢因坐落于高处而得名，可以俯瞰鲁茅斯港。实际上，露台的一角下便是陡崖，直伸入海；不过露台周围有结实的栏杆。鸦巢距离镇子有一英里的路程，马路自内陆通到这里，然后曲曲折折攀上海滨高地。人们沿着陡峭的渔民小路走七分钟就可以到这里。查尔斯·卡特莱特爵士正沿着这条小路往上走。

查尔斯爵士是位身材匀称的中年人，皮肤晒得黝黑。他穿着一条灰色法兰绒旧裤子，上身一件白毛衣，走起路来略微有些摇晃，双手半握着。十个人里有九个人会说：“这是个退役的海军军官，准没错。”另外一个人目光更敏锐，他会犹疑，因为有些说不清的感觉，让他觉得这个判断不对。或许，这时，他脑中会不由得浮现出一幅画面：一艘船的甲板上——不是真船，这艘船被厚重华丽的帷幕掩去了一部分。船上站着一个男人，那是查尔斯·卡特莱特，他站在甲板上，光（但不是日光）洒在他身上，他双手半握着拳，步履轻快，嗓音是那种英国绅士水手的嗓音，欢快又悦耳，音调非常夸张。

“不，先生，”查尔斯·卡特莱特在画面中说道，“恐怕我无法回答这个问题。”

沉重的帷幕呼啦一声落下，灯光唰地亮起，一支乐队猛然开始演奏最新的切分[①] 旋律。几个女孩顶着夸张的蝴蝶结，问着：“请问需要巧克力吗？汽水呢？”《大海的呼唤》第一幕就此结束，剧中的凡斯顿中校由查尔斯·卡特莱特饰演。

萨特思韦特先生居高俯瞰，脸上挂着微笑。

萨特思韦特是个干瘦矮小的男人，热衷于资助艺术和戏剧，性格果决坚定，虽然有些势利，但总体令人愉悦。重要的小型宴会和社交集会上，通常都能看到他的身影（“以及萨特思韦特先生”这几个字，总会出现在嘉宾名单的末尾）。此外，他非常聪明，也是个精明的观察者。

他一边摇头，一边咕哝道：“我没想到。是的，我真没想到。”

露台上响起脚步声，他转过头来。一个花白头发、块头很大的男人拉过一把椅子坐下。这个中年男人看上去和蔼热情，脸上明显贴着他的职业标签：“医生”和“哈利街”[②]。巴塞洛缪·斯特里兰奇爵士事业有成。他是神经紊乱领域的专家，最近在国王生日宴上受勋。

斯特里兰奇将椅子拖到萨特思韦特的座位旁边，说：

“你没想到什么？说来听听。”

---

①切分：切分音，指的是改变乐曲中强拍上出现重音的规律，使弱拍或强拍弱部分的音因时值延长而成为重音，这个重音称为切分音。

②哈利街：位于英国伦敦，自十九世纪便名医集聚。

萨特思韦特微微一笑，重新把注意力放在下方的人影上，查尔斯爵士正快步循着小路往上走。

“我没想到查尔斯爵士……呃……自我放逐了这么久，依旧心满意足。”

“好家伙，我也没想到！”另一个人笑道，头向后一仰，“查尔斯小的时候我就认识他了，我俩还一起在牛津上学。他一直都是这个样子，台下的演技比台上还要好！查尔斯总在演戏，就是控制不住，这就是他的第二天性。他不是简单地走出房门，而是‘走出房门，退场’，而且通常会伴有一句精妙的台词。同样，他也喜欢变换角色，这方面谁也比不上他。两年前，他退出了舞台，说自己想过简单的乡村生活，与世无争，尽情享受他一直喜爱的大海。于是他就来到这里，建了这所房子，这所他认为的‘简单的乡村小屋’：有三间浴室，屋里全是最时髦的小玩意儿！我跟你一样，萨特思韦特，觉得他坚持不了多久。查尔斯毕竟是个普通人，他需要观众。两三个退休的船长，一群老女人，还有一位牧师；对一所房子来说，这些观众不算多。我原想‘头脑简单的家伙，怀着一腔对大海的热爱’这套也就能玩上半年。玩完之后，老实说，我觉得他就会厌倦这个角色。我以为他接下来会变成蒙特卡洛[①]一位厌倦世事的男人，也可能在苏格兰高地买下一大片地，成为地主。他很多面的，查尔斯就是那样。”

医生停了下来。这番话说得很长。他目光炯炯、充满兴味地看着下面那位毫不知情的男人。几分钟之后，他就会过来。

“不过，”巴塞洛缪爵士继续道，“看来我们错了。简单生活的魅力未减。”

①蒙特卡洛：摩纳哥城市，历史文化名城，也是世界知名赌城。

“一个把自己戏剧化的男人，有时会被看错。”萨特思韦特先生说，“别人不会认真对待他的真心。”

医生点了点头。

“是啊，”他若有所思地回答，“的确如此。”

查尔斯·卡特莱特愉悦地打了声招呼，跃上露台的台阶。

“‘黄香李号’超越了自己。”他说，“你应该一起来的，萨特思韦特。”

萨特思韦特先生摇了摇头。他每次跨越英吉利海峡都会饱受折磨，不再对自己漂在海上时候的胃肠承受力抱有任何幻想。那天早上，他在卧室里看见了“黄香李号”，当时航行风力很大，他万分庆幸自己还在干燥的陆地上。

查尔斯爵士走到休息室窗边，唤人送来饮料。

“你也该来的，托里[①]。”他对好友说道，“你半生都坐在哈利街，告诉病人们海浪对他们的身体有多大好处，不是吗？”

“当医生的一个巨大的好处，”巴塞洛缪爵士说，“就是你不必遵自己的医嘱。”

查尔斯爵士开怀大笑。他还在不自觉地扮演自己的角色，一个直爽风趣的海军军官。他十分英俊，五官精致，精瘦的脸上带有笑意，鬓角的灰发更添了几分潇洒。他貌如其人：首先是位绅士，其次才是位演员。

“你自己去的吗？”医生问道。

“没有。”一个俊俏的客厅女仆端上托盘，查尔斯爵士转身从中拿起一杯饮料，“我有个帮手，就是那个叫‘蛋蛋’的姑娘。”

他的声音有些异样，带有一丝不自在。萨特思韦特捕捉到这

①托里：巴塞洛缪的昵称。

丝异常，敏锐地抬眼看着他。

“利顿·戈尔小姐？她懂点航行的知识，是吧？”

查尔斯爵士苦笑起来。

“她让我觉得自己就是个地上的傻大个。不过在她的帮助下，我正在进步呢。”

萨特思韦特脑海中闪过好几个念头。

“我想，蛋蛋·利顿·戈尔，也许这就是他还没厌倦的原因……这个年纪，危险的年纪……在这个时候总会有个年轻姑娘……”

查尔斯爵士继续道：“没什么像大海那样，阳光、清风、海浪……还得有个简陋的小屋来安家。”

他满足地看着身后的白色建筑。房子里有三间浴室，所有卧室都供有冷热水，内装最新的中央供热系统和电器设施。客厅女仆、楼房女仆、厨师、帮厨女仆等一应俱全。查尔斯爵士对简单生活的理解，或许有点不太恰当。

一个奇丑无比的高个子女人从房子里走出，来到他们身边。

“上午好啊，米尔雷小姐。”

“上午好，查尔斯爵士。上午好。”她朝另外两位男士略微点点头，“这是晚餐的菜单。不知您是否需要修改？”

查尔斯爵士接过菜单，低声道：

“我瞧瞧。甜瓜，罗宋汤，新鲜鲭鱼，松鸡，蛋奶酥，开餐面包……行，我看这就不错，米尔雷小姐。大家都会乘坐下午四点半的火车来。”

“我已经让霍尔盖特安排了。对了，查尔斯爵士，您不介意的话，或许今晚我与您和客人们一同用餐比较好。”

查尔斯爵士面露诧异，但礼貌地说：

“我很乐意，米尔雷小姐，但是……嗯……”

米尔雷小姐平静地继续解释：

“否则的话，查尔斯爵士，餐桌上就会有十三个人。很多人挺迷信的。”

听她的语气，如果每晚都是十二个人吃饭，她一生都会毫不犹豫地坐下。她又说道：

“所有事情应该都安排好了。我已经告诉霍尔盖特，需要开车去接玛丽夫人和巴宾顿一家，是这样吧？”

“没错。我正要吩咐你去安排。”

米尔雷小姐粗犷的脸上露出一丝得意的微笑，然后告退了。

“这个女人，”查尔斯爵士恭敬地说，“非常了不起。我常担心她会来帮我刷牙。”

“效率的化身。”斯特里兰奇说。

“她已经跟着我六年了。”查尔斯爵士说，“起初在伦敦做我的秘书，到这儿之后，我想她应该算是个出色的管家，把这房子打理得井井有条，像钟表一样精准。可是没料到啊，她现在要走了。”

“为什么？”

“她自称……”查尔斯爵士踌躇地揉了揉鼻子，“自称母亲病重。我个人不太相信。这种女人从来没有母亲，就是从发电机里自己蹦出来的嘛。不，一定有别的原因。”

“很有可能。”巴塞洛缪爵士说，“人们在传些流言。”

“流言？”这位演员被吓了一跳，“关于什么的流言？”

“我亲爱的查尔斯，你知道‘流言’是什么意思。”

“你是说人们在传她……和我？跟那张脸？还有她那把年纪？”

“她可能还没超过五十岁。”

“我觉得也是。”查尔斯爵士想了想，“但是，说真的，托里，你看到她那张脸了没？上面有两只眼睛、一个鼻子和一张嘴，但是那不是一张脸，不是一张女人的脸。就算坊间最爱说长道短的老长舌妇，也不会真的把桃色消息跟这么一张脸联系在一起吧。”

“你低估了英国老处女的想象力。”

查尔斯爵士摇了摇头。

“我不相信。米尔雷小姐身上有种强大得令人不安的体面感，就算英国老处女也应该能发现。她修身自律，是体面尊严的化身，而且还特别实干有用。我挑选秘书时，从来都挑那些相貌十分普通的。”

“明智之选。”

查尔斯爵士陷入沉思，安静了几分钟。为了让他不再为此烦扰，巴塞洛缪爵士问道：“今天下午有谁来？”

“安吉[1] 是一个。”

“安吉拉 · 萨特克里夫？不错。”

萨特思韦特先生颇感兴趣地探过身子，想知道这场小型宴会都有哪些人参加。安吉拉 · 萨特克里夫是一位知名女演员，虽然韶华已过，但仍有很强的社会影响力，并富有才华和魅力。有时，她被称作艾伦 · 泰瑞[2] 的接班人。

“还有戴克斯一家。”

萨特思韦特又默默点了点头。戴克斯太太是知名时装公司黄琥珀的服装设计师。黄琥珀很受欢迎，在看戏时会有他们的广告：“第一幕布兰克小姐的服装由布鲁克街黄琥珀公司提供。”她

①安吉：安吉拉的昵称。

②艾伦 · 泰瑞（1847—1928）：英国著名舞台剧女演员，以出演莎士比亚喜剧而著名。

的丈夫是戴克斯船长，用他赛马的话说，他自己就是匹黑马。他在赛马场上投入大把时间，曾经参加过全国越野障碍赛[①]。后来发生了些麻烦，虽然有些流言传了出来，但没人知道究竟是怎么回事。没人深究过，至少没有刻意问过，但一提到弗雷迪·戴克斯，人们的眉头就会微微上挑。

“以及安东尼·阿斯特，那位剧作家。”

“当然。”萨特思韦特说，“她创作了剧本《单行道》。我看过两遍。反响非常热烈。”

他得意地表现出自己清楚安东尼·阿斯特的女性身份。

“没错。”查尔斯爵士说，“我忘记她真名叫什么了，好像是威尔斯。我只见过她一次，请她是为了陪着安吉拉。一共就这些人——我是说留宿的客人。”

“本地都有谁来？”医生问道。

“哦，本地的！嗯，有巴宾顿一家，丈夫是牧师，非常不错的家伙，不太端着牧师的架子，他太太也是个挺好的人，教我一些园艺上的东西。他们会来。还有玛丽夫人和蛋蛋。就这些人。啊，对了，还有一个年轻的小伙子，叫曼德斯，是个记者还是什么的。挺帅气的小伙子。这下人就全了。”

萨特思韦特先生是个做事有条理的人，他开始数人头。

“萨特克里夫小姐，一个；戴克斯夫妇，三个；安东尼·阿斯特，四个；玛丽夫人和她女儿，六个；牧师和太太，八个；年轻小伙子，九个；咱们几个，十二个。不是你就是米尔雷小姐数错了，查尔斯爵士。”

“米尔雷小姐不会数错的，”查尔斯爵士肯定地说，“那个女

①全国越野障碍赛：英国一年一度举办的赛马活动，创办于一八三九年，在英国文化中占有重要地位。是欧洲奖金最高的障碍赛马比赛。

人从不出错。我想想。天哪，是啊，你说对了。我确实漏掉了一位客人。一下子没想起来。”

他轻笑一声。“他也不会对此感到高兴的。这家伙是我见过的最刚愎自用的人。”

萨特思韦特双眼发光。他向来以为，世间最自大的当数演员，查尔斯·卡特莱特爵士也不例外。这种潜在对手挑起了他的兴趣。

“这位自大狂是谁？”他问。

“一个古怪的家伙。”查尔斯爵士说，“不过，他更是一个知名的家伙。你或许听说过他。赫尔克里·波洛，比利时人。”

“那个侦探。”萨特思韦特说，“我见过他。非常了不起的人物。”

“是个人物。”查尔斯爵士说。

“我从没见过他，”巴塞洛缪爵士说，“但我听说过他的很多事情。不过他前段时间退休了，对吧？我听过的那些事迹，很可能都是些添油加醋的传说。得了，查尔斯，希望咱们这周末不会有什么罪案发生。”

“怎么？因为咱们家里有个侦探？你这是因果倒置，托里。”

“嗯，算是我的一个理论吧。”

“你这理论怎么讲，医生？”萨特思韦特问道。

“事找人，不是人找事；什么人自然会遇上什么事。为什么有的人生活得精彩纷呈，有的人却很平淡无奇？因为环境不同？根本不是。有的人就算走遍天涯海角，也不会遇上什么事——他来这里一周前会有场屠杀；等他刚离开一天，又会发生地震；而他差点乘坐的那艘船，刚好会失事沉没。有的人呢，可能住在伦敦巴勒姆区，只是每天到城区里，却会遇上事——他会跟敲诈团伙、漂亮姑娘和飞车贼搅在一起。有的人就是爱碰上航船失事什么的——即使他们仅仅乘船游玩观赏个小湖，船也会出点什么事。同样，你的那位赫尔克里·波洛不必主动寻求罪案，罪案自会找上门来。”

“这么说来，”萨特思韦特说，“最好还是请米尔雷小姐跟咱们一起用餐，这样餐桌上就不是十三个人了。”

“好了，”查尔斯爵士大手一挥，“托里，你要真想干，弄出一件凶案我也不拦你。我只有一条规矩：我不能当尸体。”

三人大笑着走进房子。

第二章　餐前惨剧

萨特思韦特生命中最感兴趣的就是人。

总体来说，他对女人比对男人更有兴趣。作为一个男人，萨特思韦特对女人了如指掌。他心中有根如女人一般纤细敏感的弦，因此他对女性的心思能体察得入木三分。他一生中遇到的女人都对他倾心留情，不过从来没认真对待过他。思及此，萨特思韦特有时会感到委屈苦涩，因为他自觉总是在台下看戏，从未登台表演。但实际上，旁观者的角色非常适合他。

这天晚上，萨特思韦特坐在朝向露台的大房间里。屋内由一家现代公司装饰成豪华船舱的模样，别具一格。辛西娅·戴克斯的发色引起他的巨大兴趣，他仔细分辨，发现她将头发染成了最新的颜色，应该是从巴黎传来的风潮，有些泛绿的棕铜色，与众不同，美丽动人。戴克斯太太的样貌难以用语言描述；她身材高挑，完全符合时下的审美，脖颈和双臂在夏季乡村晒成了蜜色——她的肤色向来如此，但是自然形成还是人为保持，他人不得而知。铜绿色的秀发打理成俏丽新潮的样式，只有伦敦最好的理发师才能做这种发型。她的双眉经过精心修整，睫毛浓密，脸上妆容精致，口红将平直的双唇勾勒出曲线——这一切都与她的晚礼服搭配完美。她的礼服是一种不常见的深蓝色，似乎剪裁得很简单（不过这显然不可能），但布料罕见，一眼看去似乎是哑光面料，却隐隐泛光。

“是个聪慧的女人。”萨特思韦特用赞赏的目光打量着她，“我很好奇她究竟是个什么样的人。”

不过，这次他是想探寻她的思想，而非她的身体。

戴克斯太太语调迷人，采用时下流行的措辞。

“亲爱的，那不可能。我是说，有的事可能，有的不可能。这件事就不可能。它具有穿透力。”

这是个最时兴的词——所有事都具有“穿透力”。

查尔斯爵士兴致勃勃地晃着鸡尾酒，和安吉拉·萨特克里夫聊着天。后者身材高挑，头发花白，嘴角带着戏谑，目光敏锐。

戴克斯先生正在和巴塞洛缪·斯特里兰奇交谈。

“谁都知道老拉蒂斯伯恩是怎么回事。整个赛马圈都知道。”

他的声音尖利清晰，有着赤褐肤色，嘴上有一小撮胡须，有点贼眉鼠眼。

威尔斯小姐坐在萨特思韦特先生旁边，她的剧作《单行道》被视为伦敦多年来上演的最具智慧和勇气的作品。威尔斯小姐又瘦又高，脸颊凹陷，头发虽然秀丽，却烫成十分难看的波浪卷。她戴着一副夹鼻眼镜，身着柔软的雪纺裙。她音调较高，但并不突兀。

“我去了法国南部，”她说，“但说实话，我不太喜欢那里。一点都不友好。不过，当然啦，对我的创作还是很有用的，我可以看看世界都在发生什么，你懂的。”

萨特思韦特想道：“可怜的人。成功反而让她离开了伯恩茅斯的公寓，那里才是她的精神家园，她其实更愿意待在那里。”他很惊讶，作品和其作者的差距竟能如此巨大。安东尼·阿斯特作品中的那种富有教养的“上流者”的腔调，在威尔斯小姐身上哪能体现出一丝一毫？他又注意到，在镜片背后，威尔斯那双淡蓝色的眼珠闪现出别具智慧的光芒。这双眼睛正转过来盯着他，似乎在评估他；这让萨特思韦特略微感到不安。威尔斯小姐好像正在费力地记住他。

查尔斯爵士正在倒鸡尾酒。

“我给你拿杯鸡尾酒吧。”萨特思韦特说道，猛地站起身来。

威尔斯小姐咯咯笑起来。

“我自己来也可以。”她说。

这时，坦普尔走进门来，告知大家玛丽·利顿·戈尔夫人、巴宾顿夫妇和利顿·戈尔小姐已经抵达。

萨特思韦特为威尔斯小姐取来鸡尾酒，又借机溜到玛丽·利顿·戈尔夫人身边。正如前文所讲，他对头衔难以抗拒。

他喜欢接触贵妇；玛丽夫人毫无疑问是位贵妇。

玛丽夫人的丈夫早逝，留下她与三岁的孩子相依为命，生活困苦。后来，她们便迁到鲁茅斯，住在一间小房子里，只雇用了一位忠心又能吃苦的女仆，一直住到现在。她瘦削高挑，虽然只有五十五岁，却看上去更为苍老，表情甜美又有些胆怯。她疼爱女儿，却也对她有些担忧。

赫尔迈厄尼·利顿·戈尔与她的母亲并不相像。不知具体为何，大家喊她“蛋蛋”。较之母亲，她更有活力。萨特思韦特认为她并不漂亮，但无疑十分迷人，这种迷人气息应该来源于她充沛的活力。她比屋里的所有人看起来都活泼。蛋蛋有着深色的头发和灰色的眼睛，个头中等。她颈间细碎的卷发、灰色眼睛的直视、脸颊的曲线轮廓以及富有感染力的笑声，都让人感到昂扬的生气和年轻的活力。

她正站着与奥利弗·曼德斯聊天，后者刚刚抵达。

“我不明白你为什么厌倦了航行。你以前很喜欢的。”

“蛋蛋，亲爱的，人是会长大的。”

他说道，眉头微挑。

曼德斯是个相貌英俊的小伙子，大约二十五岁。他虽然帅气，看起来却似乎有些谄媚圆滑，同时也有些……有些……异国情调？有点不像英国人。

还有人正看着奥利弗·曼德斯。那个小个子男人有个椭圆脑袋，脸上的小胡子充满异域感。萨特思韦特想起了关于赫尔克里·波洛的描述。这个矮个子男人非常和蔼可亲，萨特思韦特怀疑他是故意夸大了自己的异国气息。他双眼闪闪发亮，似乎在说：“你想让我扮小丑，为你表演喜剧？好[①]，那我就满足你的愿望！”

不过，赫尔克里·波洛现在双眼无神，看起来非常严肃，还有点悲伤。

斯蒂芬·巴宾顿是鲁茅斯的教区牧师，他走过来加入玛丽夫人和萨特思韦特的谈话。他六十来岁，眼神苍老却亲切，态度恭谨谦虚，使人不禁卸下心防。他对萨特思韦特说：

“能和查尔斯爵士做邻居，我们感到非常幸运。他人很好，慷慨大气；是最让人愉悦不过的邻居了。相信玛丽夫人也有同感。”

玛丽夫人嘴角轻扬。

“我非常喜欢他。他没有被自己的成功冲昏头脑。从许多方面来说，”她加深了微笑，“他还是个孩子。”

---

①原文为法语。后文均以仿宋字体表示。

客厅女仆端上鸡尾酒托盘。萨特思韦特想，女人的母性真是无止境啊。作为维多利亚[1]一代，他对这种特质非常欣赏。

“你可以来杯鸡尾酒，妈妈。”蛋蛋突然来到他们身边说道，手中握着杯子，“就一杯。”

“谢谢你，宝贝。”玛丽夫人温和地说道。

“我想，”巴宾顿先生说，“我太太应该会允许我喝一杯。”

他以牧师的典型方式轻笑一声。

萨特思韦特抬眼向巴宾顿太太望去，看到她正认真地与查尔斯爵士谈论着如何施肥。

“她的眼睛真精致。”萨特思韦特想。

巴宾顿太太块头很大，有些邋遢。她看上去精力充沛，不拘小节。正如查尔斯·卡特莱特所说，她是个挺好的人。

“我问你，”玛丽夫人向前探身道，“我们进来的时候，正和你说话的年轻女人是谁？穿绿衣服的那个。”

“那是位剧作家，安东尼·阿斯特。”

“什么？那个……那个看起来毫无生气的年轻女人？哦！”她又赶快纠正自己，“我太刻薄了。不过这可真出人意料。她看起来不像——我是说她看起来完全是个温吞的幼儿家庭教师的模样。”

这描述与威尔斯小姐的外貌十分贴切，萨特思韦特先生不禁笑出声。巴宾顿先生瞥向房间另一角，一双近视眼中透着和蔼。他啜了一口鸡尾酒，呛了一下。萨特思韦特有些好笑地想，巴宾顿看来不太习惯喝鸡尾酒——或许他认为鸡尾酒是现代的标志，

①维多利亚：即维多利亚女王（1819—1901），英国在位时间第二长的君主。她在位期间（1837—1901）是英国最强的“日不落帝国”时期，英国历史上称为“维多利亚时代”，她也成为英国和平与繁荣的象征。

但他并不喜欢喝。巴宾顿先生又果决地喝了一大口，五官轻轻皱起，然后说：

“是那边那位女士吗？哦，天哪——”

他手抚上喉咙。

蛋蛋 · 利顿 · 戈尔的声音响起：

“奥利弗，你这个狡猾的夏洛克[①]——”

“原来如此，”萨特思韦特想，“不是异国情调，是犹太人！”

多么赏心悦目的一对呀。两人都如此年轻，外貌靓丽……还在拌嘴，这表示他们关系融洽……

他身边的响动拉回了他的思绪。巴宾顿先生站起来，前后摇晃着，面目扭曲。

蛋蛋清晰的声音响起，才引起全屋人的注意。玛丽夫人早已起身，焦急地伸出手。

“快看，”蛋蛋说，“巴宾顿先生不太舒服。”

巴塞洛缪 · 斯特里兰奇爵士急忙走过来，扶起奄奄一息的巴宾顿，半拖到房间一边的沙发上。其他人围拥上前，想要帮忙，却无从下手……

两分钟后，斯特里兰奇直起身来，摇了摇头。他钝钝地开口，明白此时不必拐弯抹角了。

“很抱歉，”他说，“他死了……”

---

①夏洛克：莎士比亚喜剧《威尼斯商人》中的角色，为犹太人。

第三章　查尔斯爵士的疑问

“可以进来一下吗，萨特思韦特？”

查尔斯爵士从门内探出头来。

一个半小时过去了。混乱过后，人们已经平静下来。玛丽夫人带着哭泣的巴宾顿太太离开房间，终于陪她回到牧师家中。米尔雷小姐迅速打了电话。本地医生已经抵达，接手料理。大家草草吃了晚餐，之后留宿的客人不约而同回到了各自的房间。萨特思韦特正要回房，查尔斯爵士却从船舱房间的门口叫住了他。意外正是在这间屋子里发生的。

萨特思韦特走进船舱房间，隐隐打了个冷战，又努力恢复镇定。他年纪大了，不愿意看到死亡的场景……因为，或许过不了多久，他自己也……不过，为什么要这样想？

“我还能再活二十年。”萨特思韦特积极地鼓励自己。

屋里还有巴塞洛缪·斯特里兰奇，除此之外别无他人。看见萨特思韦特，他点头表示同意。

“好人。”他说，“萨特思韦特可以跟咱们一起。他洞察人性。”

萨特思韦特有些惊讶，在医生附近的扶手椅上坐下来。查尔斯爵士来回踱着步，已经忘记要半握住手，看上去无疑不那么有海军样了。

“查尔斯不喜欢这件事。”巴塞洛缪爵士说，“我是指可怜的老巴宾顿突然离世。”

萨特思韦特想，这样描述查尔斯的感受可不太恰当。人们肯定都不会“喜欢”刚刚发生的事。他意识到，除了字面含义，斯特里兰奇的话里还有另外一层意思。

“真让人难过。”萨特思韦特小心翼翼地表达自己的感受。“真的让人难过。”他又补充道。回想起当时的情景，他不禁全身一阵颤抖。

“嗯，是啊，非常痛苦。”医生说道，声音里逐渐透出专业的口吻。

卡特莱特停下脚步。

“你以前见过谁这么死去吗，托里？”

“没有，”巴塞洛缪思索着回答，“我想没有。”

“但是，”巴塞洛缪顿了一下补充道，“我见过的死亡病例可能也没你想的那么多。神经科医生通常不会放任病人死去，而是让病人活着，并从中获得报酬。我敢说，麦克道格遇到的死亡病例比我多得多。”

麦克道格医生是鲁茅斯地区的负责医生，米尔雷小姐打电话叫来的正是他。

“麦克道格没看到这个人死去的情景。他来的时候，巴宾顿已经死了。他只能听我们的描述，听你的描述。他说应该是某种疾病突然发作，说巴宾顿上了年纪，身体状况不是很好。我对这种说法并不满意。”

“或许他也不很满意。”巴塞洛缪咕哝道，“可是作为一名医生，他总得说点什么。疾病突发是个好说法，等于什么都没说，但能安抚外行人。而且，不管怎么说，巴宾顿确实上了年纪，最近他的健康状况也的确有些麻烦。他太太也是这样跟我们说的。也许他之前哪里有些没发现的病灶。”

“他的症状是典型的疾病突发吗？或者你随便叫它什么好了。”

“典型的什么？”

“典型的已知疾病症状？”

“只要你学过医学，”巴塞洛缪爵士说，“就会知道，世上几乎没有什么典型症状这种东西。”

“你究竟想说什么，查尔斯爵士？”萨特思韦特问。

卡特莱特没有回答。他漫不经心地挥了挥手，斯特里兰奇轻笑一声。

“查尔斯不了解自己的心思。”他说，“他只是自然地开始寻求戏剧化的可能性。”

查尔斯爵士做了个责备的手势，脸上显出沉思的神情。他又微微晃晃头，思绪已经飘到远方。

查尔斯爵士的样子隐约似曾相识，这让萨特思韦特很是困惑，然后他恍然大悟。是情报部门主管阿里斯蒂德·杜瓦尔，他仿佛正在从“地下电报事件”纷繁的情况中理出头绪。接下来，萨特思韦特便十分确定了。查尔斯爵士正不自觉地跛脚走路——阿里斯蒂德·杜瓦尔被称为跛脚者。

巴塞洛缪爵士继续用残酷的常识打击着查尔斯爵士不合常理的怀疑。

“是啊，你怀疑什么，查尔斯？自杀？谋杀？谁会想杀掉一个温和无碍的老牧师？太不切实际了。自杀？好吧，这也算有可能。他人或许可以给巴宾顿的自杀琢磨出一个理由来——”

“什么理由？”

巴塞洛缪爵士轻轻摇了摇头。

“我们对人心的秘密又知道些什么呢？我只有一个猜测：假设巴宾顿知道自己已经罹患绝症，比如说癌症，或许就能产生动机。他可能不想让自己的太太眼看他长期受到病痛折磨，内心痛苦万分。当然，这也只是猜测。其实我们完全没有理由认为巴宾顿是自杀。”

“我不太倾向于解释为自杀。”查尔斯爵士开口道。

巴塞洛缪·斯特里兰奇又低声轻笑。

“的确是你的风格。你不追求切实的可能性，只希望有骇人听闻的事件——鸡尾酒里的新型毒药，无迹可寻。”

查尔斯爵士做了个怪相，意味深长。

“我不敢说自己希望是这种情况。该死的，托里，你记得吗，是我调的这些鸡尾酒。”

“你内心的杀人狂魔突然苏醒了，嗯？我们这些人的症状应该是延迟发作了，但明早之前都会死掉。”

“该死的，你在开玩笑，可——”查尔斯爵士怒声道。

“我没在开玩笑。”医生说。

他的声音变化了，声线严肃，富有同情感。

“我对可怜的老巴宾顿的死没有开玩笑。我只是在取笑你的猜测，查尔斯，因为……嗯……因为我不希望你鲁莽而没顾忌地伤害别人。”

“伤害？”查尔斯爵士问道。

“也许你明白我想说什么，萨特思韦特？”

“我想我或许能猜到。”萨特思韦特说。

“你还不明白吗，查尔斯，”巴塞洛缪爵士继续道，“你那些胡乱的猜想可能造成极大的伤害！谣言会漫天乱飞。只要有一点对肮脏把戏的模糊猜测，完全没有事实根据，就可能对巴宾顿太太造成许多麻烦和痛苦。我知道一两件这样的事情：某人暴毙，有人嚼几句舌根，一时间谣言四起，逐渐蔓延，而没人能停止这一切。该死的，查尔斯，难道你看不出这有多么残酷，是完全不必要的麻烦？你只是任由自己随意想象，走上一条毫无根据的推测之路。"

演员的脸上浮现出犹疑的表情。

"我从没考虑过事情会往那个方向发展。"他承认道。

"你确实是个非常好的人，查尔斯，但你也确实任由自己的想象驰骋得太远了。得了，说真的，你相信谁，究竟会有谁想要去谋杀一位完全与人无争的老者？"

"我想应该没有。"查尔斯爵士说，"是啊，就像你说的，这太荒谬了。托里，对不起。不过在我看来，这不仅仅是我想'博取眼球'，我是真的有种'直觉'，有些事不太对劲。"

萨特思韦特轻咳一声。

"我可以稍作猜测吗？巴宾顿先生进屋后先喝了鸡尾酒，不一会儿就看起来不太舒服。嗯，我刚好发现，他喝酒的时候表情有些扭曲。我当时想，他可能是不太习惯喝鸡尾酒。但是，假设巴塞洛缪爵士的猜测正确，巴宾顿先生确实出于某种原因想要自杀，那么回头看当时的情况，我认为自杀的确是有可能的，而谋杀看起来非常荒唐。

"我感觉，巴宾顿先生有可能往杯子里投了些什么东西，而我们都没有瞧见。

"我发现这间屋子里，所有东西还是原样未动。鸡尾酒杯还在之前的地方。巴宾顿先生在这里——我很清楚，因为当时我正坐在这里和他聊天。我建议巴塞洛缪爵士将杯子拿去化验分析，可以悄悄做，不引起任何‘议论’。”

巴塞洛缪爵士起身拿起杯子。

“好了，”他说，“我就跟你打趣到这儿，查尔斯。我敢用十英镑跟你赌一英镑，这只杯子里绝对只有杜松子和苦艾酒，别的什么也没有。”

“成交。”查尔斯爵士说。

他接着又苦笑着补充说：

“你知道吗，托里，你应该对我的胡思乱想负有一定责任。”

“我？”

“没错，你今天上午谈到了罪案。你当时说，赫尔克里·波洛这个人是暴风雨中的海燕，他走到哪里，罪案就跟到哪里。他没到多久，这里就发生了可疑的暴毙事件。我自然就马上想到是谋杀。

“我想……”萨特思韦特说道，又住了口。

“是的，”查尔斯·卡特莱特说，“我想到了。你觉得呢，托里？我们可以问问他对整件事的看法吗？我是说，这逾矩吗？”

“不错的想法。”萨特思韦特低声说。

“我清楚医疗行业的规矩，可我完全不知道侦查界有什么规矩。”

“你不能请一个专业的歌唱家来随意唱两句，”萨特思韦特小声说道，“那么，可以请一位专业的侦探来随意侦查一下吗？嗯，非常有道理。”

“只是个人观点。”查尔斯爵士说。

这时有人轻轻敲门，随后赫尔克里·波洛出现在门口，脸上满是歉意地往门内瞧。

“快进来，老兄，”查尔斯爵士起身叫道，“我们正说到你呢。”

“我怕是打扰你们了吧。”

“完全没有。喝杯酒吧。”

“谢谢，不过我不喝了。我很少喝威士忌。嗯，一杯果汁……”

但在查尔斯爵士的概念里，果汁不属于饮料的范畴。他请客人坐下，便直奔主题。

“我就不绕弯子了。”他说，“我们刚刚谈到你，波洛先生，以及……以及……今晚发生的事情。那么，你觉得有什么事情不对劲吗？”

波洛扬起眉毛，说：

“不对劲？您是指什么不对劲呢？”

巴塞洛缪·斯特里兰奇说：“我的这位朋友脑子里冒出个想法，认为老巴宾顿是被谋杀的。”

“而你不这样认为，是吗？”

“我们想知道你的看法。”

波洛若有所思地说：

“他似乎不太舒服，嗯，很突然，非常突然。”

“的确这样。”

萨特思韦特详述了自杀的假设，以及他提出建议，应该化验鸡尾酒杯。

波洛点头表示赞同。

“不管怎么说，这样做不会有什么害处。我对人性有一定的判断。在我看来，不会有人想杀害一个和蔼可亲、与人无害的老绅士，自杀则更不可能。不过，鸡尾酒杯会告诉我们是怎么回事。”

"你认为化验的结果会是？"

波洛耸耸肩。

"我认为？我只能猜测。你希望我猜一下化验结果吗？"

"是的……"

"那我猜，他们只能化验出上好的马蒂尼酒的残余。"波洛向查尔斯爵士倾身致意，"如果往一个人的鸡尾酒杯里下毒，需要在众多酒杯中找出他的那杯，而且这些酒杯都放在一张托盘上，经过好几个人的手……嗯，这种手法会很……很难实施。如果那位温和可亲的老牧师想要自杀，我想他应该不会在一场宴会上动手，因为大家肯定会认为他没有替别人考虑，可在我看来，巴宾顿先生是一位非常体贴周到的人。"他顿了顿，继续说道，"既然你问到我，那我就告诉你，这就是我的看法。"

空气安静了一会儿。查尔斯爵士长叹一声，打开一扇窗，向外望去。

"风向变了。"他说。

水手重新上身，情报部门的侦探不见了。

但是，在观察入微的萨特思韦特眼中，查尔斯爵士终于离开了不属于自己的角色，隐隐显露出渴望的神情。

第四章 当代伊莱恩[①]

“没错，但你是怎么想的呢，萨特思韦特先生？你的真实想法？”

萨特思韦特左顾右盼，却无可逃避。蛋蛋·利顿·戈尔把他堵在钓鱼码头上，他无路可逃。现在的年轻姑娘真是残忍无情啊，而且活跃得可怕。

“是查尔斯爵士给你灌输的这个想法吧。”他说。

“没有，不是他。我自己想的。这个想法一开始就冒出来了。一切都太突然了。”

“他上年纪了，而且身体状况不太好……”

他重复着医生的话，蛋蛋打断了他。

“都是废话。他有神经炎，还有一点类风湿性关节炎。这种病不会突然发作，让人晕倒。他从来没有突发过什么疾病。他是那种身体有点毛病，但能活到九十岁的人。你对验尸结果怎么看？”

“一切都看起来很，嗯，正常。”

①伊莱恩：亚瑟王传说中的美丽女子，又被称作“阿斯托拉脱的纯洁少女”，爱上了骑士兰斯洛特。为了留住爱人，她每天喂给他一种药水，但她最终爱而不得，郁郁寡终，死后遗体被置于船上，顺流漂走。兰斯洛特是亚瑟王传说中最著名的圆桌骑士之一，与亚瑟王的王后桂妮维亚陷入私情，并最终导致亚瑟王的厄运。

“你觉得麦克道格医生提出的证据和迹象又如何呢？非常专业的一大堆话，对器官描述详尽——难道你不觉得，他堆砌起这些术语，却一直在避免正面作答？他的话只能得出这种结论：没有证据表明巴宾顿是非正常死亡。但他没有说巴宾顿是正常死亡。”

“你是不是字眼挑得有些过头了，亲爱的？”

“关键是他在字斟句酌——他很困惑，却找不到证据，所以只能拿医学术语来应付。巴塞洛缪·斯特里兰奇爵士怎么看？”

萨特思韦特复述了一些医生的意见。

“他对我这种看法不以为然？”蛋蛋若有所思地说，“他自然是个谨慎的人，我想哈利街的专家都得这样。”

“鸡尾酒杯里只有杜松子和苦艾酒，别的什么都没有。”萨特思韦特提醒她。

“看来这事可以下定论了。不过，验尸之后发生了些事，所以我想……”

“巴塞洛缪爵士对你说什么了？”

这引起萨特思韦特的极大兴趣。

“不是对我，是对奥利弗，奥利弗·曼德斯。他那晚跟大家一起用餐，不过你可能不记得他了。”

“不，我记得他，记得很清楚。他是你的好友吗？”

“曾经是。现在我们经常吵嘴。他进城去他舅舅的公司工作了，变得……嗯，有点油滑。你应该明白我的意思。总嚷嚷着要辞职当记者，因为他文笔不错。不过我觉得他现在就是说说而已。他想赚大钱。我觉得大家应该都很厌恶金钱吧，对不对，萨特思韦特先生？”

听到此话，他便完全领教了蛋蛋的年轻——那种毫无矫饰、傲慢自大的幼稚。

“亲爱的，”他说，“很多人都厌恶很多事情。”

“当然，很多人都是蠢驴，”蛋蛋轻快地赞同道，“所以我真的对老巴宾顿的事很伤心。因为你瞧，他真的很招人喜欢。他为我准备过坚信礼等事务，虽说这类事很多都是说说好话，但他做得很好，让人喜欢。你瞧，萨特思韦特先生，我真的信奉基督教，虽然不像妈妈那样举着小手册、做早祷，遵从那些形式，但从心灵上确实信仰，也有一些过去的原因。教会充斥着圣保罗教派的人——实际上，教会就是一团糟，不过基督教本身是没有问题的。因此，我无法成为奥利弗那样的共产主义者。在实践中，我们的信仰会走向非常相似的结果，很多事情相通，关于所有权之类的问题，等等，但区别嘛——好吧，我没必要细说。但巴宾顿一家是真的基督教徒，他们不会四处探听、伺机窥探、任意指摘，待人处世向来宽和。每个人都非常喜爱他们。还有罗宾……”

“罗宾？”

“他们的儿子，他在印度被杀了。我……我曾经深深爱着他……”

蛋蛋眨眨眼，转头凝望远处的海面。

不一会儿，她收回思绪，将注意力重新放在当前与萨特思韦特的对话上。

“所以，你瞧，这件事对我的触动很大。假如巴宾顿先生是非正常死亡……”

“我亲爱的孩子！”

“哦，该死，这件事太奇怪了！你也必须承认，这件事真是太奇怪了！”

"但是，刚刚你自己也承认，巴宾顿夫妇完全没有树敌。"

"这才是奇怪的地方。我想不出任何可能的动机。"

"都是胡思乱想！鸡尾酒里什么都没有。"

"或许有人趁他不备给他扎了一针，注射了些东西。"

"是啊，里面有南美印第安人的箭毒。"萨特思韦特友善地打趣道。

蛋蛋咧嘴微笑。

"就是这样。老套得无迹可寻。哦，你们都对此嗤之以鼻。也许有那么一天，你们会发现我们是对的。"

"我们？"

"我和查尔斯爵士。"她脸颊微红。

萨特思韦特脑海中冒出一段他曾熟知的名人词律；他那代人年轻的时候，《实用名句佳引大全》人手必备。

> 他年岁双倍于她，
> 往日剑伤勾嵌面颊，
> 青紫遍布，肤色黝黑。她微启双眸，
> 爱意翻涌，这爱的烈焰燃烧至她命运尽头。[①]

他不禁有些汗颜，因为此时自己竟在心中默默引用名篇佳句，还是丁尼生[②]——现在丁尼生已经很少被提及了。此外，查尔斯爵士虽然肤色也是黝黑，但没有伤疤；蛋蛋·利顿·戈尔无疑情意绵绵，可看上去完全不可能为爱烦忧消亡，躺在小船上顺

①该段诗歌出自丁尼生《国王叙事诗》，整部作品讲述亚瑟王传说，引用的内容描写了伊莱恩爱上兰斯洛特的瞬间。

②丁尼生（1809—1892）：英国桂冠诗人，是维多利亚时代最受欢迎、最具特色的诗人，代表作有《国王叙事诗》《悼念》《伊诺克·阿登》等。

流漂走。她身上毫无“阿斯托拉脱的纯洁少女”的影子。

“只一样——她的青涩……”萨特思韦特想道。

少女总会迷恋上历尽沧桑的中年男人。蛋蛋似乎也难逃此劫。

“他为什么没结婚？”她突然问道。

“这个嘛……”萨特思韦特刚一开口，又止住话头。若要他直白回答，他会说“因为警醒”，但他知道蛋蛋·利顿·戈尔无法接受这个答案。

查尔斯·卡特莱特爵士与许多女人发展过浪漫轶事，其中包括女演员，也有其他女人，但他总能避免陷入婚姻。显然，蛋蛋希望得到更加浪漫的解释。

“那个死于肺痨的女孩，名字以M开头的那位，好像是个演员——他不是很爱她吗？”

萨特思韦特知道她说的这个姑娘。流言将查尔斯·卡特莱特与这位小姐捆绑在一起，不过只是轻描淡写。要说查尔斯爵士是为了悼念她而一直未娶，萨特思韦特可一点都不信。他委婉圆滑地表达了自己的看法。

“他应该有过很多风流韵事吧。”蛋蛋说。

“嗯……咳，也许吧。”萨特思韦特感到自己有种维多利亚式的保守。

“我喜欢风流的男人。”蛋蛋说，“这表明他们不是怪胎什么的。”

萨特思韦特的维多利亚式保守再次受到重创，无言以对。蛋蛋没有发现他的挫败，还在自说自话。

“你知道吗，查尔斯爵士比你们想的要聪明得多。当然，他常常装模作样，让自己富有戏剧性。但抛去这些来说，他是很聪明的。从他自己的描述中，你完全想象不到他驾船航行得多好；听他讲，你会觉得他都是装模作样，但真不是。这件事上也是一样的情况。你认为他就是想制造效果，想扮演一位厉害的侦探。我只能说：我觉得他演得不错。”

“也许吧。”萨特思韦特先生赞同道。

他的音调变化明显出卖了他。蛋蛋听出他的弦外之音，并指出他的意思。

“但你的观点是，《牧师之死》不是一部惊悚片，只是《晚宴意外憾事》，只是一件社交场上突发的变故。波洛先生怎么看？他应该清楚吧。”

“波洛先生建议我们静待鸡尾酒的化验结果。不过，在他看来，一切都很正常，没什么不对劲。”

“啊，好吧，”蛋蛋说，“他老了，跟不上趟了。”萨特思韦特抽了一下嘴角。蛋蛋没有意识到自己多么残酷无情，继续道：“请来我家和我妈妈一起用下午茶吧。她喜欢你，她自己说的。”

听到这话，萨特思韦特微微感到得意，欣然接受邀请。

到家后，蛋蛋主动提出由自己去给查尔斯爵士去个电话，告诉他消失的客人在哪里。

萨特思韦特在小小的客厅坐下。屋内的印花已经褪色，几件精美的家具也很老旧。这是一间维多利亚式的屋子，萨特思韦特暗自称其为淑女的房间，并对它表示欣赏。

他和玛丽夫人聊得很愉快，虽然没有高深聪慧的内容，却总有话题，令人轻松愉悦。他们谈到查尔斯爵士：萨特思韦特与他关系好吗？不是很亲密，萨特思韦特说。几年前，他想投资查尔斯爵士的一部戏剧，打那时起便成了朋友。

“他很有魅力，”玛丽夫人微笑着说，“我和蛋蛋都这样认为。

我想你应该可以看出，蛋蛋正陷在英雄崇拜情结中，无法自拔？”

萨特思韦特想，作为一名母亲，玛丽夫人是不是被这种英雄崇拜搞得心烦意乱。答案似乎是否定的。

“蛋蛋涉世未深。”她叹口气说道，“我们的经济条件真的很差。我的一位表亲带她到镇上见识了点东西，但自那以后，她几乎就没离开过这里，只偶然出去串过一次门。我觉得，年轻人应该多和人打交道，多走出去看看世界——尤其应该多见见人。不然的话——嗯，血脉近邻有时也危害无穷。”

萨特思韦特表示赞同，心中想着查尔斯爵士和航行。不过，玛丽夫人接下来的话表明，她想的不是这些。

“查尔斯爵士的到来对蛋蛋大有裨益，开阔了她的视野。你瞧，这儿年轻人不多，男生更少。我一直担心，蛋蛋限于条件，只接触过一个人，还没见过其他，就草草认为此人合适，要与他结婚。”

萨特思韦特很快反应过来。

“你是指年轻的奥利弗·曼德斯吗？”

玛丽夫人面色绯红，毫不掩饰自己的惊讶之情。

“哦，萨特思韦特先生，我想不出你是如何知道的！我想的正是他，蛋蛋一度和他走得很近。我知道自己保守老套，但我实在不喜欢他的一些想法。”

“年轻就是任性。”萨特思韦特说。

玛丽夫人摇摇头。

“我一直特别担心。当然，两人很般配，我对他非常了解，还知道他舅舅是个有钱人，最近把他带到自己的公司里上班。我不担心这些……我可能真的很傻……但是……”

她又摇摇头，不知如何表达自己的想法。

萨特思韦特生发出一种亲近感。他低声平静地说：

“玛丽夫人，你同样也不会愿意让女儿嫁给年纪是她两倍的人。”

她的回答让他颇感惊讶。

“这样或许还安全些。若果真如此，你至少还知道自己面对的情况。这个岁数的男人已经犯过错，糊涂愚蠢都是往日云烟，而不是——不是尚在蛰伏……”

萨特思韦特还未张口，蛋蛋便已回来加入他们的谈话。

“你离开了好久，宝贝。”玛丽夫人说。

“我和查尔斯爵士聊了聊，亲爱的妈妈。他正独自一人沉浸在辉煌之中。”蛋蛋转向萨特思韦特，责备道：“你没告诉我留宿的客人都已经散了。”

“他们昨天就走了，只有巴塞洛缪 · 斯特里兰奇爵士还在。他本来要待到明天，但今天一早发来一封电报，他就动身返回伦敦了。他的一位病人情况不容乐观。”

“真遗憾，”蛋蛋说，“我还想分析分析这几位留宿客人呢。没准能得到什么线索。”

“宝贝，什么线索？”

“萨特思韦特先生知道。哦，没关系，奥利弗还在。我们可以把他拉进来，他想动脑子的时候还挺聪明的。”

萨特思韦特回到鸦巢时，查尔斯爵士正坐在露台上，遥望着海面。

“你好哇，萨特思韦特。跟利顿 · 戈尔一家喝茶去了？”

“是啊。你不介意吧？”

“当然不。蛋蛋打电话来了。这个蛋蛋，是个与众不同的女孩……”

“魅力四射。”萨特思韦特说。

“嗯，没错，我也觉得。”

他站起身，随意踱了几步。

“上帝啊，”他突然艰涩地说，“我真心希望自己从没来到这该死的地方。”

第五章　逃避

萨特思韦特暗自思忖："他沦陷了。"

他突然为查尔斯爵士感到有些遗憾。查尔斯·卡特莱特这位快乐无忧的心碎者，终于在五十二岁坠入爱河。然而，他自己也意识到，这段爱情必将收获失望。年轻人终将走向年轻人。

"年轻女孩不会公开表露自己的心迹。"萨特思韦特想，"蛋蛋大肆张扬自己对查尔斯爵士的感情，但如果她对这段感情是认真的，就不会这般张扬。小曼德斯就隐藏得很好。"

萨特思韦特的推断通常都锐利精明，直中要害。

不过，他或许忘了考虑一个因素，因为他对此并无觉察，那就是年轻带来的附加值。在萨特思韦特这个上岁数的人看来，蛋蛋抛弃一个年轻人、转而投向一个中年人的怀抱，是不可理喻的。于他而言，年轻是最大的资本。

晚餐后，蛋蛋打来电话，想要带奥利弗一同过来"商量商量"。这让萨特思韦特更加确信自己的推断。

奥利弗真是个帅小伙，眼窝深陷，双眼黑亮，一举一动都从容潇洒。他似乎只是为了回报蛋蛋的热情，才同意陪她一道过来的。不过，他对所有事物基本都抱有懒洋洋的怀疑态度。

"先生，你就不能劝劝她，让她别这样想了吗？"他对查尔斯爵士说，“她一直过着这种异乎寻常的田园牧歌式生活，因此才精力充沛。蛋蛋，你知道吗，你真是活力迸发过头了。而且你的品位也很幼稚——犯罪，刺激，都是些乱七八糟的。”

“你是个有质疑精神的人吧，曼德斯？”

“是啊，先生，没错。那个总在叨叨的可爱老家伙。他只能是自然死亡，其他的假设都是胡乱猜想。”

“我想你是对的。”查尔斯爵士说。

萨特思韦特瞥了他一眼。今晚查尔斯·卡特莱特又在扮演什么角色呢？不是退役海军，也不是国际侦探。不，是一个全新的角色，鲜为人知。

当萨特思韦特发现查尔斯爵士在扮演谁时，感到十分震惊——他是第二小提琴手，一个配角。奥利弗·曼德斯的配角。

萨特思韦特向后靠坐，隐在暗处，看着蛋蛋和奥利弗争论——蛋蛋热情激动，奥利弗无精打采。

查尔斯爵士看起来比平常老了不少，又老又倦怠。

蛋蛋不止一次将话头引向他，热切自信地等他加入讨论，但他的回应不痛不痒。

他们十一点才告辞。查尔斯爵士将他们送到露台，并提出借给他们一支手电，照亮崎岖的石头小路。

不过，手电根本用不着，当晚的月色很美，月光皎洁。蛋蛋和曼德斯一同出发，随着脚步远去，二人的交谈声也渐渐淡去。

无论是否有月光，萨特思韦特都不想冒着风寒在外面待着，于是转身回到船舱房间。查尔斯爵士在露台上多停了一会儿。

他进屋时，随手将身后的窗户闩上，大步走到墙边一张桌子旁，给自己倒了一杯威士忌和苏打水。

“萨特思韦特，”他说，“我明天就离开这里，不再回来。”

“什么？”萨特思韦特大吃一惊。

查尔斯·卡特莱特对于自己制造的效果很满意，脸上闪过一丝忧郁又满足的表情。

“这是我唯一能做的，”他显然在用加粗字体说，“我会把这栋房子卖掉。它对我的意义没人会理解。”他的声音渐渐低下去，语速放缓，营造出相应的效果。

整个晚上查尔斯爵士都在扮演配角，而现在，他的关注点又落回自己身上，成为主角。他在表演悲壮的“分手别离”桥段；他在各种戏剧里都常常上演这一幕。“与别人的新娘告别”，“放弃挚爱的女孩”。

他又继续说着，声音故作轻松。

“是时候赶快放手了，我别无选择……年轻人互相吸引。他们两个真是天造地设的一对，我应该退出了……”

“去哪里？”萨特思韦特问。

演员做了一个无所谓的手势。

“哪里都行。有区别吗？”他音调微变，又说道，“可能去蒙特卡洛吧。”接着，他发觉自己的回答有些虎头蛇尾，配不上自己的品位，于是急忙弥补道，“放逐在杳无人烟之地，或是隐于闹市之中，又有什么区别呢？人最核心的本质就是孤独，是要孤身一人。我一直都是孤身一人，一个孤魂野鬼……”

这显然是一句退场台词。

他向萨特思韦特点头致意，便离开了房间。

萨特思韦特站起身，准备同屋主一样回房睡觉。

“但他是不会将自己放逐到杳无人烟之地的。”他暗自想道，轻笑出声。

第二天早上，查尔斯爵士就决定到镇上去。他希望萨特思韦特能够见谅。

“别提前离开，好兄弟。你原本是要待到明天的，我知道你接下来要去塔维斯托克[1] 拜访哈伯顿一家，我会派车送你过去。我的想法是，开弓没有回头箭。我决不回头。”

查尔斯爵士挺起胸膛，展现出男子汉的决心，情绪激昂地抓了抓萨特思韦特的手，便把他交给了能干的米尔雷小姐。

米尔雷小姐对万事都早有准备，对此等境况似乎也已有打算。她对查尔斯爵士一夜之间的决定没有表现出一点惊讶或其他情绪。萨特思韦特此时也无法引她慌乱中胡言乱语；暴毙或计划突变也刺激不到米尔雷小姐。她能平静地接受任何状况，并马上开始高效地解决问题。她给房产经纪人去了电话，向海外发去电报，还在打字机上忙忙碌碌。如此富有效率的场景让萨特思韦特备感压抑，他急忙逃离现场，往码头方向溜达。他随意散着步，突然，身后有人抓住他的胳膊，把他转过身来。他正面对一个脸色惨白的女孩。

“这究竟是怎么回事？”蛋蛋气势汹汹地问道。

“什么怎么回事？”萨特思韦特顾左右而言他。

“大家都在说，查尔斯爵士要离开这里了——他要卖掉鸦巢。”

“的确是。”

“他要走了吗？”

“他已经走了。”

“哦！”蛋蛋不情不愿地松开了他的胳膊。她突然看上去像一个受到深深伤害的小孩子。

---

①塔维斯托克：英国西南部城镇。

萨特思韦特不知该说些什么。

“他去哪里了？”

“到国外去了。法国南部。”

“哦！”

他依旧不知该说些什么。显然，她对查尔斯爵士不仅仅有英雄崇拜情结……

他十分同情蛋蛋，脑海里涌现出无数安慰的话语。这时她又开口，说出的话把他吓了一跳。

“是哪个该死的贱人？”蛋蛋凶狠地问道。

萨特思韦特瞪着她，惊讶得合不拢嘴。蛋蛋又抓住他的手臂，使劲晃着他。

“你肯定知道。”她叫道，“是谁？花白头发的那个，还是另外一个？”

“亲爱的，我不知道你在说什么。”

“你知道，你一定知道。显然是某个女人造成的。他喜欢我，我知道他喜欢我。那天晚上，其中一个女人肯定也发现了，于是下决心让他离开我。我恨女人。下贱的东西。你看见她穿的衣服没？那个绿色头发的女人。我对她们真是嫉妒得咬牙切齿。穿那种衣服的女人非常有吸引力，你不能否认。她真是又老又丑，可那又如何呢。她让别的女人相形见绌，看起来都像潦倒牧师的妻子。是她吗？还是另外那个花白头发的？可以看出她风趣幽默。她有大批追随者。他还叫她‘安吉’。应该不是那个打蔫的卷心菜。是那个漂亮的还是安吉？”

“亲爱的，你想象力真丰富。他，嗯，查尔斯·卡特莱特对那两个女人一点兴趣都没有。”

“我不相信。不管怎么说，她们对他很有兴趣……”

“不不不，你搞错了。这都是你自己胡乱猜测的。

“贱人，”蛋蛋说，“她们就是贱人！”

“你不能说这个词，亲爱的。”

“我还能用更难听的词。”

“或许吧，或许，但请你别用。我向你保证，你现在大大误会了。”

“那他为什么就这样走了呢？”

萨特思韦特清了清嗓子。

“我想，他，嗯，认为这样是最好的处理方式吧。”

蛋蛋目光锐利地盯着他。

“你是说……因为我？”

“嗯……类似的原因吧，也许。”

“于是他就选择逃避。我的确是表现得直白了些……男人很讨厌被女人追，是吗？看来妈妈是对的……你不知道，她说起男人来多么兴奋可爱。总是以第三视角来谈，非常克制有礼。‘男人非常不喜欢被女人追，女孩应该让男人主动追。’你不觉得这个说法很妙吗？——‘主动追’。听起来完全不是那么回事。实际上，查尔斯也做得不是那么回事——主动追，追向相反的方向，离我越来越远。他害怕了。可恶的是，我不能跟他一起走。如果我还追着他走，恐怕他就要乘船漂到非洲的蛮荒深处。”

“赫尔迈厄尼，”萨特思韦特说，“你对查尔斯爵士是认真的吗？”

女孩不耐烦地白了他一眼。

“当然是了。”

“那奥利弗·曼德斯呢？”

蛋蛋不耐烦地摇摇头，表示奥利弗·曼德斯不在自己的考虑范围内。她正沉浸在自己的思绪里。

“你觉得我应该给他写信吗？内容不能让他烦忧焦虑，只是写一些小女生的心绪……嗯，让他放松下来，不再害怕。”

她皱起眉头。

“我真是个傻瓜。妈妈一定能做得更好。那些维多利亚年代的人知道如何拿捏。全是脸红害羞的把戏。我一直都做错了。我原本想他需要得到刺激和鼓励。他看起来……嗯，看起来需要点帮助。告诉我，”她突然向萨特思韦特提问，“昨天晚上，他有没有看见我和奥利弗做出亲吻的动作？”

“我也不清楚。你们什么时候……”

“在月光下的时候。我们正沿着小路往下走。我想他当时应该还在露台上看着我们。我原本想，他如果看见我和奥利弗……好吧，我以为这能刺激他一下，让他警醒点。因为他确实喜欢我。我发誓，他真的喜欢我。”

“这是不是有点为难奥利弗？”

蛋蛋坚定地摇摇头。

“完全不会。奥利弗觉得，女孩子如果能得到他的亲吻，那是她们的荣耀。对于他狂妄的自尊心而言，这当然不好，但是人没法事事都周全。我想给查尔斯一点动力。他最近有些异样——更加疏离了。”

“亲爱的孩子，”萨特思韦特说，“我觉得你还是没太明白，查尔斯爵士为什么如此突然地离去。他以为你喜欢奥利弗。他不想受到进一步的伤害，于是离开了。”

蛋蛋激动不安起来。她抓住萨特思韦特的肩膀，直视着他的眼睛。

“真的吗？真是这样吗？这个傻瓜！这个笨蛋！哦——！”

她又猛地松开萨特思韦特，在他身边蹦了一下。

“那他就会回来的。”她说，“他会回来的。如果他不——”

“嗯，如果他不回来呢？”

蛋蛋大笑。

“我会想办法把他拽回来的。走着瞧吧。”

尽管蛋蛋和“阿斯托拉脱的纯洁少女”说着不同的语言，但二人似乎有很多共通之处。不过，萨特思韦特暗自觉得，蛋蛋留住男人的方法会比伊莱恩的更加切实有效，而且蛋蛋也完全不可能心碎而死。

第二幕　确证

第一章　寄给查尔斯爵士的信

萨特思韦特来到蒙特卡洛。他走访宴会的时光已经结束，而九月的里维埃拉[①]是他的最爱。

他坐在园子里，晒着太阳，看着两天前的《每日邮报》。

突然，一个名字引起他的注意。斯特里兰奇。《巴塞洛缪·斯特里兰奇爵士讣告》。他往下读：

> 我们遗憾地宣布，杰出的神经学专家巴塞洛缪·斯特里兰奇爵士不幸离世。当晚，巴塞洛缪爵士正在约克郡[②]的家中举办宴会，与若干朋友相聚，身体和精神状态良好。晚餐临近结束时，他与朋友聊天，并饮下一杯波尔多红酒，但突然疾病发作，医生抵达前便已身亡。我们深切缅怀巴塞洛缪爵士。他是……

文章接下去叙述了巴塞洛缪爵士的职业经历和成就。

报纸从萨特思韦特手中滑落。他受到极大震动。上次见到医

---

①里维埃拉：这里指法属里维埃拉，即法国蓝色海岸，是欧洲南部的海滨度假胜地，摩纳哥公国位于该地区内。

②约克郡：位于英国英格兰东北部，历史悠久，现已被划分为北约克郡、西约克郡、南约克郡、横勃塞得郡和克利夫兰郡。

生的情景在他脑海中闪回：虎背熊腰，兴高采烈，身强体壮。而现在，他却死了。报纸上的只言片语飘进萨特思韦特心里，令他十分不快——“饮下一杯波尔多红酒。”“突然疾病发作……医生抵达前便已身亡……”

虽说不是鸡尾酒，而是波尔多红酒，但其他情况与发生在康沃尔郡[①] 的事件惊人相似。萨特思韦特眼前又浮现出和蔼的老牧师那张扭曲的脸……

那么，假设……

他抬起头，看见查尔斯·卡特莱特爵士穿过草坪向他走来。

“萨特思韦特，见到你真是太好了！我正想找你。你看到可怜的老托里的消息没？”

“我正看着呢。”

查尔斯爵士一屁股坐在他旁边的椅子上。他抛弃了灰色法兰绒和旧毛衣，此时身着游艇服装，打扮得无可挑剔。他现在是法国南部见多识广的游艇驾驶人。

“萨特思韦特，听着。托里身子骨好得很，从没什么大毛病。是我这次又在臆想吗？这件事有没有让你想起……想起……？”

“想起鲁茅斯的那件事？是啊，没错。不过，我们当然也有可能是错的，或许只是表面看上去相似而已。毕竟有很多原因可以导致猝死。”

查尔斯爵士不耐烦地点点头，说：

“我刚刚收到一封信，是蛋蛋·利顿·戈尔寄来的。”

萨特思韦特藏起一抹微笑。

“你第一次收到她的信吗？”

---

①康沃尔郡：位于英国西南端，是鸦巢的所在地。

查尔斯爵士不疑有他。

“不是。我到这里之后不久，就收到她第一封信，后来又来了几封。她在信里只是聊聊最近发生的事之类的。我没有回信……真见鬼，我不敢回信啊，萨特思韦特……当然，这姑娘完全不知情，但我不想出丑。”

萨特思韦特状似无意地掩着嘴，依然忍不住微笑。

“那这封呢？”他问。

“这封不一样。她请求援助……”

“援助？”萨特思韦特挑起眉头。

“她当时在场……嗯，在房子里……事情发生的时候。”

“你是说，巴塞洛缪·斯特里兰奇爵士去世的时候，她在爵士身边？”

“是的。”

“她怎么说？”

查尔斯爵士从兜里掏出一封信。他略略犹豫，然后递给萨特思韦特。

“你还是自己看吧。”

萨特思韦特展开信纸，抑制不住内心的好奇。

亲爱的查尔斯爵士：

我不知道你何时会收到这封信，希望能尽快到达你手里。我十分忧虑，不知如何是好。据我估计，你会在报纸上看到巴塞洛缪·斯特里兰奇爵士离世的消息。嗯，他和巴宾顿先生死亡时的情况是一样的。这不可能是巧合——不可能，就是不可能……我担心极了……

事到如今，你可以回来做些什么吗？这样说或许有些唐突，但你之前有过疑虑，而没人相信你。现在，你的朋友不幸遇害，如果你不回来，就可能再也没人揭开真相了。我相信你能做到，打心眼儿里相信……

还有一件事。我确实很担心一个人……我心里清楚，他与这件事毫无瓜葛，可情况现在有些奇怪。哦！我在一封信里说不清。你能回来吗？你可以揭开真相，我知道你可以的。

仓促之中的

蛋蛋

“嗯？”查尔斯爵士焦急地问，“当然啦，有点前言不搭后语，因为她是匆忙写的。不过你有什么想法？”

萨特思韦特慢悠悠地叠起信，趁此间隙琢磨着如何回答。

他也认为这封信有些前言不搭后语，但他觉得它不是匆忙写就的。在他看来，这封信措辞谨慎，写信人刻意满足了查尔斯爵士的虚荣心、他的骑士精神以及他的冒险天性。

以萨特思韦特对查尔斯爵士的了解，这封信必然能引起他的兴趣。

“你认为她说的‘一个人’是谁，还是个‘他’？”萨特思韦特问。

“我想应该是曼德斯吧。”

“那么，他当时应该也在场了？”

“肯定是。我不知道为什么。托里跟他没有交集，只在我家那次见过他一面。我想不出他为什么会邀请曼德斯留宿宴会。”

“他经常举办那种大型的家庭宴会吗？”

“一年三四次吧，而且总会为圣莱杰赛马[1] 举办一次。”

“他在约克郡待的时间多吗？”

“有一片挺大的疗养地，休养院，你说它是什么都可以。他买下了历史悠久的梅尔福特庄园，装修重整，还在周围建了一片疗养区。”

“这样啊。”

萨特思韦特顿了顿，说：

“不知道家庭宴会上还有谁？”

查尔斯爵士认为或许别的报纸上有，于是二人开始搜寻其他报纸。

“这里。”查尔斯爵士说。

他读道：

> 巴塞洛缪·斯特里兰奇爵士正为圣莱杰赛马举办家庭宴会，邀请的客人与往年一样，有伊顿勋爵和夫人、玛丽·利顿·戈尔夫人、乔斯林爵士和坎贝尔夫人、戴克斯船长和太太，以及知名演员安吉拉·萨特克里夫小姐。

他和萨特思韦特面面相觑。

“戴克斯一家和安吉拉·萨特克里夫，”查尔斯爵士说，“跟奥利弗·曼德斯没关系。”

“咱们看看今天的《大陆每日邮报》，”萨特思韦特说，“没准儿登了些别的内容。”

查尔斯爵士开始浏览那份报纸。他的身子猛地一顿。

---

①圣莱杰赛马：每年九月在英国举办的赛马，限于三岁的赛马参加。

“我的天，萨特思韦特，听听这个：

巴塞洛缪·斯特里兰奇爵士事件进展

今日，在有关已故巴塞洛缪·斯特里兰奇爵士的质询中，“尼古丁中毒身亡”的结论被驳回，因为没有证据显示有人以某种方式下毒。

他皱起眉头。

“尼古丁中毒。听起来不是很严重，应该不能让一个成年男性倒地而亡。我想不通。”

“接下来你要怎么办？”

“怎么办？我要订蓝色列车[①]今晚的一个铺位。”

“嗯，”萨特思韦特说，“我不妨也照办。”

“你？”查尔斯爵士惊讶地打量他。

“这种事情我可以帮上些忙。”萨特思韦特谦虚地说，“我以前，嗯，有一点点经验。此外，我跟那边的警察局长约翰逊上校很熟，能帮上大忙。”

“好家伙！”查尔斯爵士叫道，“咱们赶紧去卧铺售票处吧。”

萨特思韦特暗自思忖：

“这女孩成功了，把他拽回去了。她说过自己会成功的。不知道她那封信里有几分是真话。”

毫无疑问，蛋蛋·利顿·戈尔是个机会主义者。

查尔斯爵士去卧铺售票处时，萨特思韦特留在花园中漫步。他脑中愉快地琢磨着蛋蛋·利顿·戈尔的事情。他性格有些保

①蓝色列车：往返于法国里维埃拉和加莱之间的夜间火车，是当时贵族名流常乘坐的高级列车。加莱位于法国北部沿海，有跨海到英国的客运与邮运航线。

守，不赞成女性在爱情游戏中主动出击，但他掐灭这种想法，只暗自钦佩她的智慧和不竭的动力。

萨特思韦特是个观察机敏的人。他正整理着对女性的总体认知，思考蛋蛋·利顿·戈尔这个特例，突然不由得自语道：

“咦？我好像在哪儿见过那个形状特异的脑袋。”

脑袋的主人坐在椅子上，若有所思地目视远方。他个头矮小，胡子与他的身形比例极不相称。

附近站着一个表情不满的英国小孩，重心先是落在一只脚上，又换到另一只脚上，时不时心不在焉地踢两脚路边的半边莲。

“别这样，宝贝。”她妈妈说。妈妈正在看一份时尚报纸。

“我没事做。”小孩说。

小个子男人扭头看向她。萨特思韦特认出了这个男人。

“波洛先生，”他说，“真是个意外惊喜啊。”

波洛起身鞠躬致意。

“很高兴见到你，先生。”

他们握了握手，萨特思韦特在波洛身边坐下。

“大家似乎都在蒙特卡洛啊。不到半小时前，我刚碰见查尔斯·卡特莱特爵士，现在又碰到你。”

“查尔斯爵士也在这里？”

“他在这边开游艇玩。你知道他卖掉鲁茅斯的住处了吗？”

“啊，不知道，我不知道。很意外啊。”

“我倒不是很意外。我觉得卡特莱特不太像那种喜欢长期离群索居、遗世独立的人。”

“啊，是的，我同意你这个说法，不过我是出于另一个原因而感到意外。查尔斯爵士似乎出于某个原因而待在鲁茅斯——一个富有魅力的原因，对吧？我说错了没？那位小淑女自称蛋蛋，真是有趣。”

他双眼发亮，眼神温和。

“哦，所以你发现了？”

“我确实发现了。我能敏锐地发现坠入情网的人，我想你也和我一样。而少女啊，是最让人动情的。”

他幽幽叹气。

“我认为，”萨特思韦特说，“你一语道破了查尔斯爵士离开鲁茅斯的原因。他是在逃避。”

“逃避蛋蛋小姐吗？但他喜欢她，而且表现得很明显。他为什么要逃避？”

“啊，”萨特思韦特说，“你不理解我们盎格鲁-萨克逊人[①]的复杂性。”

波洛却沿着自己的思路，琢磨个中原因。

“当然，”他说，“这是追女孩子的好手段。若你逃避她，她反而会立马追上来。查尔斯爵士经验丰富，肯定明白这个道理。”

萨特思韦特感到有些好笑。

“我想应该不是这样。”他说，“那你来这里做什么呢？度假？”

“我现在每天都是假期。我功成名就，赚了大笔钱，已经退休了，现在只是周游世界。”

“真好。”萨特思韦特说。

“对吧？”

“妈妈，”英国小孩说，“就没什么事可做吗？”

①盎格鲁-萨克逊人：这里指英国人。

“宝贝，”她妈妈以责备的口气说，“在国外晒着灿烂的阳光难道不好吗？”

“好是好，但我没什么事可做。”

“到处跑跑，自己找点乐子。去瞧瞧大海。”

“妈妈，”一个法国小孩突然出现，“陪我玩玩嘛。”

法国妈妈正在看书，听到孩子说话，抬起头来。

“你自己玩会儿球吧，马塞尔。”

法国小孩只好板着小脸，听话地拍球。

“我乐在其中。”赫尔克里·波洛说。他脸上浮现出奇怪的表情。

接着，他好像从萨特思韦特脸上看出什么，便回应说：

“不过，你反应很快。你想的没错……”

他安静了一两分钟，然后开口道：

“你瞧，我小时候家境不好，兄弟姐妹有好几个。我们得自谋生路，于是我加入了警队。我工作非常努力，逐渐升职，开始有了知名度，并获得了声誉，开始在国际上有一定名望。最终，我退出了警队。大战开始后，我受了伤，带着一颗难过疲惫的心到英国避难。一位好心的夫人热情招待了我，但不幸死了——非正常死亡，是被杀的。[①] 于是，我发挥聪明才智去调查，开动脑筋解开谜团，最后揭开了谋杀案的真相。我发现，自己的调查生涯还没有结束。实际上，我的能力比以往更甚。我的第二段职业生涯就此开始，我成为英格兰一名私人侦探。我解决了许多吸引人又迷雾重重的案件。啊，先生，我享受过生活！人性的状态和变化真是美妙。我慢慢赚到了钱，变得富有。我对自己说，总有

①见《斯泰尔斯庄园奇案》。

一天，我会赚够想要的钱，然后实现自己的所有梦想。”

他将一只手放在萨特思韦特腿上。

“朋友啊，你的梦想都实现的那天，一定要警醒。咱们旁边的那个小孩子，无疑曾经梦想着来到国外，梦想着所有兴奋激动，梦想着所有事物都会不同。你明白我的意思吗？”

“我明白，”萨特思韦特说，“你并没有乐在其中。”

波洛点点头。

“不错。”

有时萨特思韦特会看起来像个顽皮的精灵，他现在就像。他那张不大的脸上有不少皱纹，这时，有些不怀好意地皱起来。他有些犹豫。应该告诉波洛吗，还是不应该？

他慢慢展开还在手中的报纸。

“你看到这个了吗，波洛先生？”

他指了指那篇文章。

小个子的比利时人接过报纸。萨特思韦特看着他。波洛虽然不动声色，但英国人感到他的身体一僵，仿若一只活泼的小狗突然嗅到一个老鼠洞。

赫尔克里·波洛将文章读了两遍，然后叠起报纸，还给萨特思韦特。

“值得深思啊。”他说。

“对。似乎查尔斯·卡特莱特爵士当时的看法是对的，而我们都错了。”

“是的，”波洛说，“看来我们都错了。朋友，我承认自己无法相信，一位温和无害的老人会被谋杀……嗯，也许我当时错了……不过，你瞧，这另一起死亡事件可能是巧合。无论事情多么离奇，有时确实是偶然。我赫尔克里·波洛就知道一些让你吃惊的巧合。”

他顿了顿，接着说：

“查尔斯 · 卡特莱特爵士的直觉可能是对的。他是一位艺术家，感性直观，他去感受而不是推理事件……在生活中，这种处事方式常常招致严重后果，但有时却很有用。不知道查尔斯爵士现在身在何处。”

萨特思韦特微微一笑。

“我知道。他在卧铺售票处，我们俩今晚要返回英国。”

“啊哈！”波洛别有深意地叹道。他双眼明亮，略带顽皮和质询提问道：“咱们的查尔斯爵士真热心啊。那么，他已经决心要扮演这个业余警察的角色吗？有别的原因吗？”

萨特思韦特没有回应，但波洛从他的沉默中得出了答案。

“我明白了，”他说，“那个女孩在瞪大眼睛关注这件事。不只是罪案在召唤他回英国吧？”

“她寄来一封信，”萨特思韦特说，“恳求他回去。”

波洛点点头。

“我现在很好奇。”他说，“我看不透——”

萨特思韦特打断他。

“你看不透当前的英国女孩？嗯，这也不奇怪。我自己有时也看不透她们。利顿 · 戈尔小姐这样的女孩——”

这次波洛打断了他。

“不好意思，你误会了。我清楚利顿 · 戈尔小姐的想法，以前见过这样的女孩，还见过不少。你说这种女孩是‘当前的’，但其实，怎么说呢，这种女孩一直有，可有年头了。”

萨特思韦特有些恼火，他觉得只有自己清楚蛋蛋的想法。这个可笑的外国人完全不了解年轻的英国女人。

波洛滔滔不绝。他的音调轻柔恍惚，仿佛来自另一个世界，久久萦绕在萨特思韦特身边。

“对人性的了解是多么危险的事啊。”

“有用的事。”萨特思韦特纠正道。

“或许吧。视角不同而已。”

“好吧……”萨特思韦特踌躇一下，站起身来。他有些失望。他投了饵，鱼却没上钩。他感觉自己对人性的了解有偏差。“祝你假期愉快。”

“谢谢你。”

“希望下次到伦敦的时候，你一定来我那里坐坐。”他掏出一张名片，“这是我的地址。”

“你真是太好了，萨特思韦特先生。我会去拜访的。”

“那么，我就此告别了。”

“再见，祝你旅途顺利。”

萨特思韦特移步离开。波洛看着他离去的背影，接着目光又转向远方，望着浩渺的蓝色地中海。

他这样坐了至少十分钟。

英国小孩又出现了。

“我看完大海了，妈妈。然后干什么？”

“好问题。”赫尔克里 · 波洛轻声说。

他站起来，慢慢走开，朝卧铺售票处走去。

第二章　失踪的管家

查尔斯爵士和萨特思韦特坐在约翰逊上校的书房里。这位大块头的警察局长面色红润，声音洪亮，热情豪爽。

他以各种愉快的方式对萨特思韦特表示欢迎，显然，他非常高兴能够结识著名的查尔斯·卡特莱特。

“我太太非常喜欢看戏。她是你的，美国人怎么说来着，粉丝。对，粉丝。我自己也爱看戏，但戏要好，不要有什么乱七八糟的。现在他们搬上舞台的一些东西真是……呸！”

查尔斯爵士得体从容地回应了局长。他在这方面保持着清醒的头脑——从没出演过“前卫”戏剧。当二人将话题引向这次上门拜访的原因，约翰逊上校便一股脑将自己掌握的所有情况都告诉他们。

“你说他是你的朋友？太遗憾了，可惜啊。对，他在这边很有名气。人们常常提到他那个疗养地，而且在所有人眼中，他都是个很好的人，还是专业领域内的权威。对谁都十分和蔼慷慨，广受爱戴。就算人都死光了，你也不会想到他可能被谋杀。但这看起来就像是谋杀。没有证据表明他是自杀，也可以排除意外的可能。”

“我和萨特思韦特刚刚从国外赶回来，”查尔斯爵士说，“仅在报纸上看到过零散的只言片语。”

“因此你们想知道所有内情，这很自然。那么，我来给你说说现在的情况。我认为我们无疑应该找到管家。他是个新来的管家，巴塞洛缪爵士两周前刚刚雇用。案件一发生，他就不见了，凭空消失。这有点可疑，对吧？嗯，什么？”

“你对他的去向毫无头绪？“

约翰逊上校本就红润的脸色又红了一度。

“你认为是我们忽略了什么。我承认，应该就是我们的疏忽，该死。同其他人一样，这家伙自然也在我们的监控下。他自如地应付了我们的讯问，交代了介绍他来的那家伦敦代理公司，上一任雇主是贺拉斯·伯德爵士。全程非常镇定，毫无慌张的迹象。然后他就在我们眼皮底下不见了。我大骂手下的人，但他们发誓自己连眼睛都没眨一下。”

“很不同寻常。”萨特思韦特说。

“除此之外，”查尔斯爵士若有所思地说，“这样做也很蠢。据他自己所知，他还没有受到怀疑。逃跑反而引来了大家的注意力。”

“没错，而且插翅难飞。我们已经将他的样貌描述发布出去了，早晚会抓住他。”

“很奇怪。”查尔斯爵士说，“我想不通。”

“哦，原因很明白。他很紧张，突然就变得惶恐不安。”

“一个人既然有胆量杀人，也应该有胆量在事后保持镇定吧？”

“这得看情况，看情况。我知道罪犯都是什么样。多数都怕得要死。他以为自己被盯上了，于是溜之大吉。”

“你们调查过他提供的自己的信息吗？”

“那是自然，查尔斯爵士，这都是常规必做的工作。伦敦的代理公司确认了他的信息，有贺拉斯·伯德爵士的手写推荐信，很是赞赏他。贺拉斯爵士现在在东非。”

“所以，推荐信也许是伪造的？”

“没错。”约翰逊上校说，微笑着看向查尔斯爵士，仿佛校长满意地看着聪明的学生。“当然，我们给贺拉斯爵士去了一份电报，不过可能要等上一小段时间才能收到回复。他在那边游猎呢。”

“人是什么时候不见的？”

“案发第二天早上。晚宴上有一位医生，就是乔斯林·坎贝尔爵士，好像是个毒理学家。他和当地的一个叫戴维斯的人看法一致，然后马上叫来我们警队的人。我们当晚就讯问了所有人。埃利斯，那个管家，像往常一样回到自己屋里，第二天一早就不见了。他的床上没有睡过的痕迹。”

“他趁着夜色溜走了？”

“看起来是这样。当时留宿的一位女士，演员萨特克里夫小姐，你也许认识她？”

“实际上，我们很熟。”

“萨特克里夫小姐向我们提出一个假设。她说，那个人也许通过房子的密道逃跑了。”他面带歉意地擤擤鼻子，“听起来很像埃德加·华莱士[①]编的故事，不过似乎的确有这么个东西。巴塞洛缪爵士对此曾十分自豪，还给萨特克里夫小姐看过。密道尽头是大概半英里外的砖瓦废墟。”

“这个假设的确可能。”查尔斯爵士同意道，“只是……管家

①埃德加·华莱士（1875—1932）：英国导演、编剧、作家。擅长创作推理小说，巅峰时期一个人的作品占英国图书市场总值的四分之一。代表作有《金刚》《十三号房》等。

知道这条密道吗？”

“当然，这是问题的关键。我太太常说仆人什么都知道。我敢说她是对的。”

“听说毒物是尼古丁。”萨特思韦特说。

“是的。不常用的毒物，相对少见。像医生这样的老烟枪，事情会变得复杂，这我理解。我是说，他可能自然会尼古丁中毒，最终身亡。不过，医生死得太突然了，不会是这种情况。”

“作案手法呢？”

“我们不知道。”约翰逊上校坦陈，“这也是整个案件的难点。尸检表明，被害人只可能在死亡前几分钟内口服毒物。”

“我听说他们当时在喝波尔多红酒？”

“正是。毒物似乎应该在葡萄酒里，可是没有。我们检验了他的杯子，但杯子里只有葡萄酒，没有别的。其他酒杯当然已经被清理了，但它们都收在备餐室的一个托盘里，还没清洗，不该有的东西也都没在上面。至于吃的东西，他那晚和其他人吃的都一样：汤、烤鱼、野鸡配薯条、巧克力蛋奶酥、鱼白抹吐司。他的厨娘已经跟了他十五年。我们没有发现任何别人给他下毒的迹象，可毒物就在他肚子里。真是糟心。”

查尔斯爵士看向萨特思韦特。

“一样的情况，”他兴奋地说，“完全一样。”

他略带歉意地转向局长。

“我必须说明一下。我在康沃尔的住处发生过一起死亡事件……”

约翰逊上校似乎很感兴趣。

“我好像听说过。一位年轻姑娘提到过——利顿·戈尔小姐。”

“没错，她当时在场。她跟你说过这件事？”

“说过。她非常坚持自己的看法。不过，查尔斯爵士，恕我无法赞同她的观点。她无法解释管家为什么会逃跑。你家的男仆没失踪吧？”

“没有男仆，只有一个客厅女仆。”

“她不是男人伪装的吧？”

坦普尔聪明伶俐，而且明显是女人。想到这里，查尔斯爵士不禁微笑了起来。

约翰逊上校也露出歉意的笑容。

“只是随便说说。”他说，“我觉得利顿·戈尔小姐的看法不太站得住脚。我听说当时暴毙的是一位上岁数的牧师。谁会想要除掉一位老牧师呢？”

“这是整件事中最让人困惑的问题。”查尔斯爵士说。

“我估计你们最终会发现这一切都是巧合。等着瞧，管家就是我们要找的凶手。他很可能是个惯犯。不过我们不太走运，没找到他的指纹。我们有位指纹专家搜查了他的卧室和备餐室，但什么都没找到。”

“如果凶手是管家，你认为他的动机是什么？”

“当然，这也是我们破案的难点之一。”约翰逊上校承认，“这个人应聘或许是想来偷东西，却被巴塞洛缪爵士发现了。”

查尔斯爵士和萨特思韦特礼貌地保持沉默，约翰逊上校自己也似乎感到这个假设非常没有说服力。

“这个案子的现状是，一切都只在假设阶段。我们一旦抓住约翰·埃利斯，查出他的真实身份，看他是否有前科，那么动机也就水落石出了。”

“你们应该调查过巴塞洛缪爵士的文件材料吧？”

"这是自然，查尔斯爵士。我们也顺着那个思路展开调查了。我向你介绍克洛斯菲尔德队长，他主抓这个案子，人品正直可靠。我曾向他指出这个调查方向，他也十分赞同，认为巴塞洛缪爵士的专业或许与这起案子有些关联。医生知道许多病患秘辛。巴塞洛缪爵士的文件都整理得井井有条，分门别类。他的秘书林顿小姐帮着克洛斯菲尔德过了一遍所有文件。"

"没有什么发现吗？"

"没什么有价值的线索，查尔斯爵士。"

"房子里有丢东西吗？银器、珠宝什么的。"

"没丢。"

"当时都有谁住在那里？"

"我有个名单，哪儿去了？啊，克洛斯菲尔德拿去了。你们应该见见他。实际上，他现在应该来报告了——"这时门铃响起——"没准儿这就是他。"

克洛斯菲尔德队长是个大块头，面容刚毅，语速很慢，但蓝色的眼眸中透着聪慧。

他向上司敬了个礼，上司将他介绍给两位客人。

萨特思韦特若是单独见到克洛斯菲尔德，恐怕会觉得这位队长非常难以相处。他很抵触伦敦来的绅士名流，都是带着"想法"来的业余人士。不过，查尔斯爵士的情况却完全不同。克洛斯菲尔德队长对舞台光环有种幼稚可笑、不可理喻的推崇。他看过两次查尔斯爵士的演出，而这次能够实实在在地见到有血有肉的真人，他感到激动不已、欣喜若狂。因此，他变得格外友善亲切，话也多了不少。

"我在伦敦看过你的演出，真的，先生。我和我太太去看的，就是《安特利勋爵的困境》。我的座位在楼下正厅。演出时观众特别多，我们入场前站了两小时才进去。但她就爱看你的戏，别的都不喜欢。'我一定要看查尔斯·卡特莱特爵士演出《安特利勋爵的困境》。'她说。当时演出是在帕尔迈尔剧院。"

"哦，"查尔斯爵士说，"你们也知道，我已经退出舞台了。不过，帕尔迈尔的人还认识我。"他拿出一张卡片，写了几句话。"下次你和克洛斯菲尔德太太再去伦敦城里玩的时候，可以把这个给售票处的人看，他们会为你们挑选最好的座位。"

"你真是太好了，查尔斯爵士，那我就收下了，非常感谢。她知道后一定会非常激动的。"

这样一番对话后，克洛斯菲尔德队长已经任由查尔斯爵士拿捏。

"这案子很不寻常，先生。办案这么多年，我从来没遇到过用尼古丁下毒的。我们的戴维斯医生也没遇到过。"

"我一直以为这是过度吸烟导致的病症。"

"说实在的，先生，我也以为是。但是医生说，提纯的生物碱[①] 是无味液体，几滴就可以马上致命。"

查尔斯爵士吹了声口哨。

"强效毒药啊。"

"说得没错，先生。然而，可以说，它很常用。人们用尼古丁溶液来喷洒玫瑰，而且从普通的烟草中就可以提取它。"

"玫瑰。"查尔斯爵士说，"嗯，我好像在哪儿听过……"

他眉头紧锁，然后摇了摇头。

"还有什么新发现吗，克洛斯菲尔德？"约翰逊上校问。

"没有什么确凿的发现，先生。我们收到许多报告，称有人

①生物碱：这里指烟碱，即尼古丁。

在达勒姆[①]、伊普斯维奇[②]、巴尔汉姆[③]、兰兹角[④]等各式各样的地方，发现了我们要找的埃利斯的行踪。我们必须对这些信息一一筛查。”他又转向另外两个人。“只要一个人被通缉，他的外貌描述散播出去，那全英国各地都会有人看到他。”

“这个人的外貌是如何描述的？”查尔斯爵士问。

约翰逊抽出一张纸。

“约翰·埃利斯，个头中等，估计有五英尺七英寸[⑤]高。他略微驼背，头发花白，两鬓有少量胡须，深色眼睛，声音沙哑。他还缺一颗上牙，微笑的时候能发现。没有特殊的身体标记或特征。”

“唔，”查尔斯爵士说，“非常平凡，除了络腮胡和牙以外，没什么特殊的识别特征。况且第一个特征现在可能已经剃掉了，而且你也不能指望他总在微笑。”

“麻烦的是，”克洛斯菲尔德说，“人们从来都不用心观察。庄园的女仆提供不了任何有价值的线索，只有模糊的描述。每次都这样。对于同一个男人，我得到的描述同时有高、瘦、矮、矮胖、中等个头、短粗个头、身材修长，五十个人里也找不出一个好好睁眼看的。”

“队长，从你个人的角度来看，你觉得埃利斯是凶手吗？”

“那他为什么逃跑呢，先生？这个问题你绕不过去。”

“确实是个问题。”查尔斯爵士若有所思地说。

克洛斯菲尔德转向约翰逊上校，向他报告警队正在采取的措

①达勒姆：位于英格兰东北部达勒姆郡。

②伊普斯维奇：位于英格兰东部萨福克郡。

③巴尔汉姆：位于伦敦的一个社区。

④兰兹角：位于英格兰西南角康沃尔半岛的顶端，三面环海。

⑤五英尺七英寸：约合一百七十厘米。

施，上校点头赞同。接着，上校从队长那里要来案发当晚庄园的人员名单。他将名单递给两位客人。名单如下：

玛莎·莱基，厨娘

贝阿特丽丝·丘奇，高级楼房女仆

多丽丝·科克尔，下等楼房女仆

维多利亚·鲍尔，杂务女仆

爱丽丝·韦斯特，客厅女仆

维奥莱特·巴辛顿，帮厨女仆

（以上均服侍过死者一段时间，品格良好。莱基太太已在此工作十五年。）

格拉蒂丝·林顿，秘书，三十三岁，担任巴塞洛缪爵士的秘书三年，不具备作案动机的迹象

客人：

伊顿勋爵和夫人，卡多根广场一百八十七号

乔斯林爵士和坎贝尔夫人，哈莱街一千二百五十六号

安吉拉·萨特克里夫小姐，西南三区坎特里尔公寓二十八号

戴克斯船长和太太，西一区圣约翰公寓三号（戴克斯太太在布鲁克街的黄琥珀有限公司工作）

玛丽夫人和赫迈尔厄尼·利顿·戈尔小姐，鲁茅斯玫瑰小屋

穆丽尔·威尔斯小姐，伦敦杜丁区上卡斯卡特路五号

奥利弗·曼德斯先生，东中二区老宽街施派尔和罗斯公司

“嗯，”查尔斯爵士说，“杜丁区的这一位报纸没有报道。我看到小曼德斯也在。”

“他是意外到场的，先生。”克洛斯菲尔德队长说，“这位年轻人开车撞上了庄园旁的一堵墙，巴塞洛缪爵士与他有过一面之缘，便邀请他留宿。”

“真是不小心。”查尔斯爵士愉快地说。

“的确，先生。”队长说，“实际上，我想这位年轻人当时应该是酩酊大醉。他当时如果清醒，就不会在那儿撞上墙。”

“应该就是喝高了。”查尔斯爵士说。

“我也认为是喝多了，先生。”

“好了，多谢你，队长。我们去庄园看一眼没问题吧，约翰逊上校？”

“当然没问题，先生。不过，恐怕你们就算去了，也不会有什么新的发现。”

“那儿有人吗？”

“只有家里的仆人，先生。”克洛斯菲尔德说，“留宿的客人们笔录结束就离开了，林顿小姐则回哈莱街去了。”

“我们能否和戴，嗯，戴维斯医生也见个面？”萨特思韦特提出。

“好主意。”

他们记下医生的地址，诚挚谢过约翰逊上校的接待，然后离开了。

第三章　他们中的哪个人？

他们沿街走着，查尔斯爵士说：

“有什么想法吗，萨特思韦特？”

“你呢？”萨特思韦特问。他喜欢留待最后作出判断。

查尔斯爵士则与他不同。他断然开口：

“他们错了，萨特思韦特。他们全错了。他们满脑子都是管家。管家匆忙逃走，所以管家是凶手。这说不通。不，说不通。你不能将另一起死亡事件排除在外，就是我住处发生的那起。”

“你还是认为两件事是有关联的？”

萨特思韦特虽然提出问题，但他心中已经作出肯定的回答。

“天哪，它们一定是有关联的。所有迹象都表明了……我们必须找出两起事件的相同之处，两次都在场的某个人……”

“没错。”萨特思韦特说，“而且，这不会像表面上看起来的那么简单。两件事的相同之处太多了。卡特莱特，不知你发现没有，几乎所有出席你家晚宴的人，这次都在场？”

查尔斯爵士点点头。

“我当然发现了——不过你知道可以从中得出什么推断吗？”

“我不太明白啊，卡特莱特。”

“真是见鬼，你觉得这都是巧合吗？不，这都是有意的。为什么第一起案件的目击者，都出现在第二起案件的现场？意外？不可能的。这都是计划，是设计好的，是托里的计划。”

“哦！”萨特思韦特说，“是啊，是有可能……”

“肯定是。萨特思韦特，我比你了解托里。他深藏不露，非常有耐心。我认识他这么多年，他从来都不轻率地给出观点或判断。

“事情应该是这样的：巴宾顿是被谋杀的——是的，谋杀，我就不绕弯子了，直言不讳。那天晚上，他在我家被谋杀。我对事件有疑虑，托里温和地拿我的想法打趣，同时他自己心中也有些疑惑。他不与人讨论，那是他的行事风格。而在心里，他悄悄还原了案件。我不清楚他都有哪些线索和想法。我想，他还没有确认凶手具体是哪一个，但他认为凶手就在他们之中。因此，他制订了一个计划，想通过某种方法找出凶手究竟是谁。”

“另外几位客人是怎么回事呢？伊顿夫妇和坎贝尔夫妇。”

“烟幕弹。这样计划就不会那么明显。”

“你觉得这个计划的内容是什么？”

查尔斯爵士耸耸肩，是个夸张的外国动作。他现在是阿里斯蒂德·杜瓦尔，那位情报部门的大侦探。他走路时左脚微跛。

“我怎么知道呢？我又不会魔法，猜不出来。但一定是有个计划……计划出了纰漏，因为凶手比托里棋高一招，他率先出手了……”

“他？”

“或者是她。无论男女，毒物都是个好凶器，女人甚至更适合使用。“

萨特思韦特缄默不语。查尔斯爵士说：

“你不同意我的观点吗？或者你同意大多数人的想法？‘管家是凶手，是他作案的。’”

“你怎么解释管家的事情？”

“我没仔细考虑过他。在我看来，他不太重要……我可以提个假设。”

“比如？”

“嗯，假设警方是对的，埃利斯的确是一名惯犯，为偷盗团伙什么的干活。他伪造信用证明，应聘成功；接着，托里就被杀了。埃利斯此时处境如何？一个人被杀了，而房子里有个人的指纹在苏格兰场有备案，警察那里有他的前科。他自然会惊慌失措，溜之大吉。”

“通过密道？”

“哪有什么密道。就是趁一个看房子的蠢蛋警员打盹的时候，悄悄摸出房子而已。”

“你的看法的确更有可能。“

“萨特思韦特，你有什么想法？”

“我吗？”萨特思韦特说，“哦，我和你的想法一样，一直一样。在我看来，管家只是无关的枝节。我认为是同一个人杀害了巴塞洛缪爵士和可怜的老巴宾顿。”

“宴会客人之一？”

“宴会客人之一。”

二人沉默了一会儿，接着萨特思韦特漫不经心地问道：

“你觉得是其中的哪位？”

“天哪，萨特思韦特，我怎么知道？”

“当然啦，你不知道。”萨特思韦特情绪平淡，“我只是以为你会有什么想法——不是那种理性有逻辑的推断，你知道的。只是单纯猜测。”

“嗯，我没什么想法……”他琢磨了一下，接着开口道，“萨特思韦特，你知道吗，如果细细分析起来，他们似乎都不可能是凶手。”

“我觉得你的想法很对。”萨特思韦特若有所思地说，“我是说，关于聚集起嫌疑人这点。我们得考虑一下，可以将哪些人排除在外。比如你、我和巴宾顿太太。小伙子曼德斯也要排除。”

“曼德斯？”

“对，他的到场是个意外。他没有受到邀请，也没准备过来。因此，我们可以将他的嫌疑排除。”

“那个女编剧也要排除——安东尼·阿斯特。”

“不，不行，她在场的。杜丁区的穆丽尔·威尔斯。”

“那她是在场的——我忘了她真名是威尔斯。”

查尔斯爵士皱起眉头。萨特思韦特擅长揣度他人的心思，他准确估计到了演员心中在想什么。查尔斯爵士一开口，萨特思韦特就暗暗表扬了自己一下。

“你知道吗，萨特思韦特，你是对的。我想，托里邀请的不全是有嫌疑的人，因为玛丽夫人和蛋蛋都在场……嗯，他也许想重现第一起案件的情况……他对某人有所怀疑，但希望其他目击者到场，确认事实。差不多是这么回事……”

“差不多是这么回事。”萨特思韦特说，“现阶段我们只能推测。很好，利顿·戈尔一家排除了；你、我、巴宾顿太太和奥利弗·曼德斯也排除了；还有谁？安吉拉·萨特克里夫？”

“安吉？老兄，她是托里的老朋友。”

“那就还有戴克斯夫妇。卡特莱特，你其实怀疑戴克斯夫妇吧。我问你的时候，你可能就想说他们来着。”

查尔斯爵士看向他。萨特思韦特微微得意。

“我想我确实怀疑他们。”卡特莱特缓缓说道，“或者说，我其实并不怀疑他们……只是他们看上去比别人更有可能而已。一方面，我跟他们不太熟；另一方面，我无论如何也不明白，弗雷迪·戴克斯一直沉迷赛马，辛西娅一直为女性设计漂亮又昂贵的服装，他们能有什么理由要除掉一位亲切和蔼、无足轻重的老牧师……”

他摇摇头。接着，他的眼睛亮了。

“还有那个姓威尔斯的女人。我又把她给漏掉了。她怎么总让人想不起来呢？我从来没见过这样平凡无奇的人，一无是处，让人记不住。”

萨特思韦特面露微笑。

“我觉得她很好诠释了彭斯[①]的著名诗句——‘在你们之中一位做笔记的青年’。威尔斯小姐应该一直在默默记录，她那副眼镜背后的眼神锐利。我想你以后会发现，案件所有值得注意的细节，威尔斯小姐都已经留意到了。”

“真的吗？”查尔斯爵士表示怀疑。

“接下来我们要做的，”萨特思韦特说，“就是去吃个午饭。然后，咱们到庄园去，看看在现场还能发现什么。”

“看来你很乐于查出这件事情的真相啊，萨特思韦特。”查尔斯爵士打趣道。

“查案对我来说并不新鲜。”萨特思韦特说，“有一次我的汽车抛锚了，只得待在一个偏远的旅店——”

①彭斯：罗伯特·彭斯（1759—1796），英国浪漫主义诗人，代表作有《红红的玫瑰》《往昔的时光》等。他的诗歌多使用苏格兰方言，从苏格兰地方生活和民间文学之中汲取营养。

他打住话头。

“我记得，”查尔斯爵士朗声说道，像演出似的饱含情绪，“一九二一年，我在外巡回演出的时候……”

查尔斯爵士赢了这一回合。

第四章　仆人们的证词

当天下午，两位先生来到梅尔福特庄园。庄园的建筑和田野都沐浴在九月的阳光下，一切祥和安宁。庄园很有年头，其中有些部分可以追溯到十五世纪，后来重整大修，添加了侧楼。从庄园主楼看不到新疗养地，那里有自己的一片场地。

厨娘莱基太太将查尔斯爵士和萨特思韦特迎进门。莱基太太胖胖的，穿着得体的黑色服装，眼中含泪，话很多。她认识查尔斯爵士，因此多数时候都是对他说话。

“先生，我相信您明白这对我来说意味着什么——主人去世，以及这些变故。到处都是警察，他们四处查看。您能相信吗，他们连垃圾桶都要翻，还问问题！问个没完没了。哦，我这辈子居然会碰上这种事——医生一直是个那样温和有礼的绅士，后来还受勋成为巴塞洛缪爵士。贝阿特丽丝虽然比我晚来两年，但我们都清楚记得，医生受勋那天，我们所有人都非常自豪。而那个家伙——警察（我是不会称他为先生的，因为我熟知真正的先生们是如何处世的，他们也懂得恪守礼节），对，就是家伙，我才不管他是不是队长呢——”莱基太太的言语支离破碎，于是她停顿一下，吸了口气，把自己从混沌的泥沼中抽离出来，“问问题，我刚才说到这儿了。他们查问家里所有女仆的情况，可大家都是好姑娘，每个都是。我不是说多丽丝该早起的时候早起，我每周至少都要说她一次。此外，维基[1]这个姑娘也有些莽撞。不过啊，对这些年轻人您不能有太多指望，她们的妈妈现在都不怎么约束管教她们了。但她们依旧是好姑娘，警察队长不能指望我说出别的什么话。‘是的，’我对他说，‘要我说什么对这些姑娘不利的话，你想都别想。她们都是好姑娘，真的。要说她们跟凶案能有联系，那就真是太恶毒了。”

莱基太太停了下来。

“至于埃利斯先生，那就不一样了。我对埃利斯先生一无所知，没法为他保证。贝克先生放假了，所以从伦敦请来埃利斯先生，他是这里的新人。”

“贝克？”萨特思韦特问。

“贝克先生是巴塞洛缪爵士的管家，已经做了七年。他多数时间都在伦敦哈利街。您记得他吧，先生？”她转向查尔斯爵士，后者点点头。“巴塞洛缪爵士以前举办宴会的时候，就会把他带来。不过巴塞洛缪爵士说，贝克先生身体不太好，就让他带薪休假几个月，到布莱顿[2]附近的海边度假，然后暂时请埃利斯先生来工作。医生真是个好人。因此，我无法为埃利斯先生佐证任何事情，不过他自称服侍过上流家庭，行事也得体有礼。我也是这样跟警察队长说的。”

“你没有发现过什么吗？他没有任何异样？”查尔斯爵士满心期待。

“先生，您这样问很奇怪，因为我有觉察，但没发现，不知您是否明白我的意思。”

---

①维基：维多利亚的昵称。

②布莱顿：英国南部城市。

查尔斯爵士示意她继续，于是莱基太太又开口道：

“我说不上来到底是什么，先生，不过确实有点情况……”

萨特思韦特冷静地暗想：总会有情况的，特别是案发之后回头再看。无论莱基太太多么鄙视警察，她对案件假设并不完全免疫。如果最终发现埃利斯是凶手，那么莱基太太肯定觉察过一些情况。

“有一点，他有些冷漠，置身事外。哦，很有礼貌，很有风度，就像我说的，他惯于服侍上流家庭。但是，他不与人过多来往，常常待在自己的房间里，而且他，嗯，我不知道怎么形容，我确定，他，嗯，有些情况……”

“你不会怀疑他不是，不是真的管家吧？”萨特思韦特提问道。

“哦，先生，他做过仆人，这是肯定的。他清楚怎么办事，还很了解社交场上的名人。”

“比如？”查尔斯爵士轻声问道。

但此时莱基太太的话变得含糊不清，她开始支支吾吾，不愿给出具体事例。她不想出卖仆人间流传的关于上层的闲言碎语，她认为这样很不合适。

为了让她放松下来，萨特思韦特说：

“或许你可以描述一下他的样貌。”

莱基太太又恢复了活力。

“好的，先生。他看起来体面正派，络腮胡子，头发花白，略有驼背，身材越发粗壮——这让他头疼。他一只手抖得厉害，但不知是什么原因。他是个很节俭的男人，与我认识的许多人都不同。先生，我觉得他的眼睛好像不太好，容易受到光线刺激，特别是光线刺眼的时候，他会泪流不止。和我们出门的时候，他会戴上眼镜，但值班工作的时候，他就不戴。”

“没有特殊的辨认标记？”查尔斯爵士问，“疤痕，断指，胎记？”

“哦，先生，没有，没有这些东西。”

“侦探故事真是远高于生活。”查尔斯爵士感叹道，“小说里总是有些辨认特征。”

“他缺了一颗牙。”萨特思韦特说。

“是这样的，先生。我自己从没发现过。”

“悲剧发生当晚，他有何表现？”萨特思韦特的用词有些书面。

“嗯，先生，我真的说不上来。您瞧，我当时正在厨房忙，顾不上注意别的。”

“是啊，是的，的确如此。”

“消息传来，说主人死了的时候，我们全都惊呆了。我哭啊哭，根本停不下来，贝阿特丽丝也是。那几个年轻的虽然也很难过，但也有些激动的样子。埃利斯先生自然不像我们这般难过，因为他是个新人，但他表现得很周到，坚持让我和贝阿特丽丝喝一小杯波尔多红酒，帮助我们镇定情绪。想到他就是，就是那个恶徒……”

莱基太太说不出话来，眼中满是愤慨。

“我听说他当晚就失踪了？”

“没错，先生。我们都回到各自房间，他也一样。第二天一早，他却不在房里。这自然让警方的怀疑目标落在他身上。”

“是啊，是啊，他真是太蠢了。你觉得他是怎么离开这座房子的？”

“一点也想不通。警察似乎整夜都看守着这里，可是他们没见着他离开。唉，不过这就是警察啊，虽然他们装腔作势、爱摆架子，进入绅士家里四处窥探，但他们跟我们一样，也都是凡人。”

“我听说有一个密道什么的。”查尔斯爵士说。

莱基太太轻嗤一声。

“那是警方的说辞。”

“有这么个东西吗？”

“我听人说起过。”莱基太太小心措辞，表示肯定。

“你知道从哪里进去吗？”

“先生，我不知道。密道是不错，但仆人不应该知道。这会让姑娘们有多余的想法，希望通过密道悄悄溜出去。我们这里的姑娘们从后门出去，也从后门进来，自己在哪儿也清清楚楚。”

“真棒，莱基太太。我觉得你很聪明。”

查尔斯爵士的赞赏让莱基太太如沐春风，她骄傲地扬了扬头。

“不知我们能否再问问其他仆人几个问题？”他继续道。

“当然可以了，先生。不过，他们知道的肯定没有我多。”

“哦，我知道。我虽然想了解埃利斯，但我更想知道巴塞洛缪爵士的情况——他当晚的举止等。你瞧，他是我的朋友。”

“我知道，先生。我非常理解。那位是贝阿特丽丝；那个是爱丽丝，她在桌前侍候。”

“嗯，我想和爱丽丝谈谈。”

不过，莱基太太坚持论资排辈。贝阿特丽丝·丘奇首先出现，她是高级清洁女仆。

贝阿特丽丝又高又瘦，双唇紧抿，看起来咄咄逼人，一本正经。

查尔斯爵士先随意问了几个无关紧要的问题，然后将话题引向凶案当晚客人们的行为举止。他们是不是都忧心忡忡？他们都说了什么，做了什么？

贝阿特丽丝的眼中闪现一丝兴奋。她也有常人遇上悲剧时，那种特殊的好奇和兴趣。

“萨特克里夫小姐整个人都崩溃了。她是一位热心肠的女士，以前也在这里留宿过。我提出给她上一小杯白兰地，或者一杯热茶，但她听不进去。不过，她吃了几片阿司匹林，说自己肯定会睡不着觉。但我第二天一早给她送早茶时，她睡得很安稳。”

“戴克斯太太呢？”

“我想她不会为任何事情烦心焦虑。”

从贝阿特丽丝的语气判断，她不太喜欢辛西娅·戴克斯。

“她只是着急离开这里，说自己的业务会耽搁。埃利斯先生跟我们说，她在伦敦是个很有名的服装师。”

对贝阿特丽丝而言，“很有名的服装师”意味着“生意”，而她瞧不起做生意的。

“她丈夫呢？”

贝阿特丽丝嗤之以鼻。

“用白兰地压惊。有的人可能觉得，他喝完之后反而更惊慌了。”

“玛丽·利顿·戈尔夫人怎么样？”

“非常和蔼友好的女士。”贝阿特丽丝语气柔和下来，“我叔祖母曾经在城堡服侍过她父亲。我当时一直听说她是一个漂亮可爱的小女孩。她现在或许家境困顿，但是您能看出她是大家闺秀。而且，她很贴心周到，不给人添麻烦，说话也得体中听。她女儿也是位可人的姑娘。当然，她们跟巴塞洛缪爵士不是很熟，不过也非常沮丧难过。”

“威尔斯小姐呢？”

贝阿特丽丝又变得有些强硬。

“先生，我说不上来威尔斯小姐是怎么想的。”

“那你对她是怎么想的呢？”查尔斯爵士问，“讲讲嘛，贝阿特丽丝。”

贝阿特丽丝僵直的面颊上，意外地凹出一个微笑。查尔斯爵士的举止语气有些孩子气，让人难以抗拒。每晚观看他演出的观众都能强烈感受到他散发出的魅力，她也无法抵御这种魅力。

“先生，我真心不知道您究竟想让我说什么。”

“就说说你对威尔斯小姐的看法。”

“没什么看法，先生，完全没有。她当然不是……”

贝阿特丽丝略显犹疑。

“说下去，贝阿特丽丝。”

“嗯，先生，她与其他人并不在一个‘阶层’。我也明白，她对此也无能为力。”贝阿特丽丝宽和地继续道，“但是，她所做的事情，一位真正的淑女贵妇是不会做的。她总是探头探脑的，先生，希望您明白我的意思。她到处探看窥伺。”

查尔斯爵士努力让贝阿特丽丝展开阐明，但她就是不愿细说。威尔斯小姐到处探看窥伺，可要贝阿特丽丝拿出一个她爱打探的例子，她却似乎拿不出。她只是不断强调，威尔斯小姐总在打探与自己无关的事情。

他们最终还是放弃了，随后萨特思韦特说：

“小曼德斯先生是个不速之客，是吗？”

“没错，先生。他的汽车出了点意外，就在门房的大门旁边。他说，在这里发生意外，还真是有点走运。房子里都住满了，不过利顿小姐帮他在小书房里铺了一张床。”

“大家看到他，都感到很惊讶吗？”

“哦，是的，先生，这是自然。”

当问到对埃利斯的看法时，贝阿特丽丝不愿明确表态。她不常见到他。逃跑这件事确实让他显得很可疑，不过她想不通他为什么要伤害主人。没人能想通。

“他表现如何呢？我是说医生。他看起来很期待这次宴会吗，或者有什么心事？”

“他似乎特别开心，先生。他会暗自微笑，好像想到什么笑话似的。我还听到他跟埃利斯先生开玩笑——他从来不跟贝克先生开玩笑。一般来说，他在仆人们面前一直有些古板，虽然很和蔼，但跟他们交流不多。”

“他说了什么？”萨特思韦特急切地问。

“嗯，先生，具体说了什么我现在有些记不清了。埃利斯先生递来一份电话留言信息，巴塞洛缪爵士问他名字是否正确，埃利斯先生颇为正经地肯定。然后医生大笑着说：‘你真是个好人，埃利斯，一流的管家。哎，贝阿特丽丝，你觉得呢？’先生，我当时很惊讶，主人居然会这样说话，这与他平时的作风完全不同，我一时都不知道该说什么好。”

“埃利斯呢？”

“他好像不太喜欢这样，先生，仿佛他很不习惯似的。他看起来非常拘谨。”

“电话留言是什么内容？”查尔斯爵士问。

“留言信息吗？哦，是疗养院发来的，说一位病人已经抵达，一路平安。”

“你还记得名字吗？”

“那个名字很怪，先生。”贝阿特丽丝犹豫道，“是德·拉什布里奇太太什么的。”

“是，是啊，”查尔斯爵士宽慰地说，“这个名字要在电话里记清楚，的确不容易。好了，非常感谢你，贝阿特丽丝。也许我们现在可以见见爱丽丝了。”

贝阿特丽丝离开房间后，查尔斯爵士和萨特思韦特互相看了看对方的记录。

“威尔斯小姐到处窥伺，戴克斯先生喝多了，戴克斯太太毫无同情心。有什么有价值的内容吗？很少。”

“几乎没有。”萨特思韦特同意道。

“咱们的希望寄托在爱丽丝身上。”

爱丽丝年方三十，深色眼珠，有些故作端庄。她非常愿意说出自己所见。

她个人并不相信埃利斯先生跟这件事有什么关联。他行事得体庄重，很有绅士派头，不会做这种事的。警方认为他是个普通的坏蛋流氓，但爱丽丝肯定他不是那种人。

“你很确定他就是个普通而诚实的管家？”查尔斯爵士问。

“先生，他不普通。他与我认识的其他管家都不一样，他的工作方式与众不同。”

“但你不认为他毒死了主人。”

“哦，先生，我看不出他能如何下毒。我和他一同在桌边侍候，他如果往主人的食物里下毒，我肯定会看到的。”

“那喝的呢？”

“他一轮轮上酒。先是雪利酒，连同汤一起上的。然后是莱茵白葡萄酒和波尔多红酒。但他又能做什么呢，先生？如果酒里有东西，他会把所有人都毒倒，至少所有取了酒的都会中毒。主人吃喝的东西与别人并没有什么不同。波尔多红酒也是一样，所有男士和几位女士都饮用了。”

“酒杯都是放在托盘上端下去的吗？”

“是的，先生，我端着托盘，埃利斯先生把酒杯放上去，接着我将托盘放到备餐室。警察来调查的时候，酒杯还放在那里，波尔多红酒杯也在桌子上。警察没有任何发现。”

“你确定医生吃喝的东西与别人完全一样？”

“就我所见是一样的，先生。事实上，我完全肯定。”

“其中某位客人没有给他——”

“哦先生，没有。”

“关于密道你知道些什么，爱丽丝？”

“一位园丁跟我说过一点儿。通向树林子，外面有几堵破墙，一片废墟。但我在房子里没见过入口。”

“你认为是谁杀了你的主人，爱丽丝？”

“我不知道，先生。我不相信谁会做这件事……我感觉应该是发生了什么意外。”

“嗯。谢谢你，爱丽丝。”

“要不是巴宾顿被害在先，”女孩离开房间后，查尔斯爵士说，“我们就有理由认为她是凶手。她很漂亮……还在桌边侍候……不，不可能。巴宾顿是被谋杀的。况且，托里也不在意漂亮姑娘。他天生不是那种人。”

“但是他五十五岁了。”萨特思韦特若有所思地说。

“你为什么这么说？”

“男人到了这个年纪，常常会为了一个姑娘失去心智，即便他以前不会，不代表他现在不会。”

“得了吧，萨特思韦特，我也，嗯，也奔五十五岁了。”

“我知道。”萨特思韦特说。

还未等他温和的目光对上查尔斯爵士的双眸，后者已经垂下了眼帘。

他看得一清二楚，查尔斯爵士脸色绯红……

第五章　管家房内

“要不要去调查一下埃利斯的房间？”萨特思韦特问。他刚刚一睹查尔斯爵士面红耳赤的风采。

演员马上抓住话题转移的机会。

“非常好，非常好。正是我想说的。”

“警察肯定已经彻底搜查过了。”

“警察……”

阿里斯蒂德·杜瓦尔面带讥讽地将警察赶走。他急于忘记刚才的片刻狼狈，马上重振精神，投入下一段演出。

“警察都是榆木脑袋。”他总结道，“他们在埃利斯房内要找什么？他的犯罪证据。我们应该寻找他无辜的证据，这完全是两回事。”

“你确信埃利斯是无辜的？”

“如果我们对巴宾顿的案子判断正确，那他就必定是无辜的。”

“没错。除此之外——”

萨特思韦特打住话头，没有说完。他本想说的是，如果埃利斯是一名惯犯，并被巴塞洛缪爵士察觉，结果谋杀了爵士，那整起案件就会十分无趣。正在此时，他猛然想起巴塞洛缪爵士是查尔斯·卡特莱特爵士的朋友，于是不禁对他展现出的冷漠麻木感到震惊。

初看埃利斯的房间，里面似乎不会有什么有价值的发现。衣服收在抽屉里和衣橱里，都整理得井井有条，而且剪裁精良，带有几位不同裁缝的标识。显然，它们都是主人的旧衣服，在各种情形下处理给了他。内衣裤都放置在同一格子里，鞋靴则擦得锃亮，整齐地摆放在鞋架上。

萨特思韦特拾起一只鞋子，嘟囔道："九号，没错，九号。"不过，由于案子里没有足迹线索，这条信息似乎并没有什么用处。

埃利斯的管家制服不见了，看来他显然是穿着离开的。萨特思韦特提醒查尔斯爵士注意，认为这是一条有价值的线索。

"任何有脑子的人都会换上普通的服装。"

"的确，很奇怪……虽然很荒谬，但一切看起来好像他完全没有离开……不过这是不可能的，当然。"

他们继续搜查。没有信件，也没有文件，只有关于治疗鸡眼的一小块剪报，还有一篇文章，报道了一位公爵的女儿婚期临近。

在靠墙的桌子上，有一小本吸墨纸，还有一瓶廉价墨水，但是没有钢笔。查尔斯爵士将吸墨纸拿到镜子下观察，但没看出什么异常。其中一张吸墨纸被反复用过，上面有一堆墨渍，对二人来说似乎毫无价值。上面的墨迹很陈旧。

"他来这儿之后，要么是没写过信，要么就是没用过这些吸墨纸。"萨特思韦特推断道，"这些吸墨纸很旧了。啊，这里——"他略带惊喜地指着一堆墨迹中的"L.贝克"字样，字迹已经难以辨认。

"我想埃利斯应该完全没用过这些。"

"很奇怪，不是吗？"查尔斯爵士缓缓道。

"你的意思是？"

“嗯，一个经常写信的人……”

“他如果是一名罪犯，就不会了。”

“嗯，或许你是对的。他肯定有什么不可告人的秘密，才会这样溜之大吉……我们只能说，他没有谋杀托里。”

他们在地上又搜查了一圈，把地毯掀起来，还往床底下看了看。各处都没有什么异常，只是在壁炉旁有一片溅泼上去的墨水渍。房间没有什么线索，令二人失望至极。

离开房间时，他们都有些心神不安。二人当侦探的热情暂时被浇灭了。

或许他们心里闪过一个想法，认为小说里安排的情节更胜一筹。

他们又和庄园里的其他仆人聊了几句。他们看起来畏畏缩缩，都是级别不高的年轻人，对莱基太太和贝阿特丽丝·丘奇十分敬畏。不过，他们都没能提供更有价值的信息。

最终，二人离开了庄园。

“那么，萨特思韦特，”他们漫步穿过园子时（萨特思韦特的司机被告知在门房那里开车接上他们），查尔斯爵士说，“有什么让你印象特别深刻的吗？哪怕只有一点点也好。”

萨特思韦特陷入思考。他并不急于得出结论，尤其是当他认为自己应该注意到什么的时候。他不想承认这次的庄园调查完全是在浪费时间。他在心里一遍遍回想着仆人的证词，然而有用的信息真是少得可怜。

查尔斯爵士刚刚已经得出几条结论：威尔斯小姐到处打探，萨特克里夫小姐十分忧惧，戴克斯太太完全事不关已，而戴克斯船长喝得酩酊大醉。其中没什么有用的线索，除非弗雷迪·戴克斯的自我放纵是为了麻痹自己负疚的良知。但是，萨特思韦特了解弗雷迪·戴克斯，知道他经常喝醉。

“有想法吗？”查尔斯爵士不耐烦地又问一遍。

“没什么特别的。”萨特思韦特不情愿地承认道，“除了，嗯，从发现的剪报来看，我们得知埃利斯患有鸡眼。”

查尔斯爵士苦笑一声。

“非常合理的推断。这个结论，呃，有什么指向性吗？”

萨特思韦特承认它没有。

“另外只有一件事……”他说道，又停了下来。

“什么？接着说啊，老兄。任何线索都可能有用。”

“巴塞洛缪爵士和他的管家开玩笑这件事，在我看来有点奇怪，你也知道女仆是怎么说的。与他以往的行事风格不太一样。”

“真的不一样。”查尔斯爵士强调说，“我很了解托里，比你要了解得深。我可以告诉你，他不是个喜欢随便开玩笑的人。他不会那样说话的，除非，嗯，除非出于某种原因，他当时不太正常。你说得没错，萨特思韦特，这是值得注意的一点。这条线索有什么用处呢？”

“这个嘛——”萨特思韦特开始回应，但很明显，查尔斯爵士并不指望对方真的回答。他不想听取萨特思韦特的想法，只急于说出自己的看法。

“你记得这是什么情况下发生的吗，萨特思韦特？埃利斯递给他一份电话留言信息之后。合理的推测应该是，这份电话留言导致托里突然变得异常开心。你或许记得，我询问了女仆留言的内容是什么。”

萨特思韦特点点头。

“留言说一位名叫德·拉什布里奇太太的女人已经抵达疗养院。”他说道，显示出他也注意到了这点，“听上去并不特别激动人心。”

“确实不会，这是当然。但是，如果我们的推想是正确的，那么那份留言一定有什么特殊的含义。”

“应该是……”萨特思韦特略有迟疑。

“毫无疑问。”查尔斯爵士说，“我们得查清楚其中到底有什么含义。我刚刚想到，这份留言会不会是某种暗语密文——表面上听起来毫无异常，却暗含了完全不同的意义。如果托里一直在调查巴宾顿的案子，这份留言就可能与他的调查有关。我们甚至可以假设，他雇用了一位私人侦探，想查清某件事。他或许告诉侦探，如果这件事被查证，就给自己来个电话，留下这段约定好的话，其他听到这份留言的人则完全不会知道真相是什么。这就能解释他为什么如此欢欣鼓舞，解释了他为什么会询问埃利斯是否肯定名字听对了——他自己心里清楚，实际上完全没有这个人。事实上，若一个人冒了很大风险，终于得到相应的回报，就会像这样有些失态。”

“你认为没有德·拉什布里奇太太这个人？”

“嗯，我认为咱们应该调查清楚。”

“怎么查？”

“我们可以现在去一趟疗养院，问问那里的护士长。”

“她可能觉得很奇怪。”

查尔斯爵士哈哈大笑。

“我来问。”他说。

他们转身离开小路，向疗养院的方向走去。

萨特思韦特说：

“你有什么想法呢，卡特莱特？你对什么事印象比较深刻？我是说在探访庄园的过程中。”

查尔斯爵士缓缓开口回答。

“有的，我对其中一点有些想法，但可恶的是，我忘记是什么了。”

萨特思韦特惊讶地瞪着他。他的伙伴皱起眉头。

“怎么解释呢？是有那么一点，当时我马上就觉得不对劲，好像不太可能，只是，我当时没有时间仔细思索。我自己在心里默默记下了。”

“而现在你忘了是什么？”

“记不起来了，我只是当时对自己说‘那不对劲’。”

“是在我们询问仆人的时候吗？哪个仆人？”

“跟你说我记不清了。我越是想记起来，就越是记不起来……如果我不再想了，说不定它自己就冒出来了。”

疗养院是一栋白色的现代建筑，面积很大，旁边的围栏将它与园子分隔开。他们穿过一扇大门，按响前门的门铃，提出希望面见护士长。

护士长出现了。她是位中年女人，身材高挑，面容精明聪慧，行事也很干练。她听说过查尔斯爵士，知道他是过世的巴塞洛缪·斯特里兰奇爵士的朋友。

查尔斯爵士解释道，自己刚刚从国外回来，听闻朋友的死讯十分惊骇，知道其中有许多疑团也深感不安，于是来到庄园拜访，希望获取尽可能多的线索。护士长动情地说，巴塞洛缪爵士的逝世对他们而言是极大的打击，还赞赏了他作为医生的职业成就。查尔斯爵士谎称自己急于知道疗养院的未来前景如何，护士长则回答说，巴塞洛缪爵士之前有两位合伙人，他们也都是出色的医生，其中一位就住在疗养院。

“据我所知，巴塞洛缪对这个地方很自豪。”查尔斯爵士说。

“是的，他的治疗方案都非常成功。”

“大多数都是神经学方面的病例，对吧？”

“没错。”

“这倒提醒我了。我在蒙特卡洛那边遇到过一个家伙，好像因为某种关系来到这里了。我现在记不清她叫什么，好像是个很奇怪的名字——拉什布里奇，还是拉什布里格什么的。”

“您是说德·拉什布里奇太太吗？”

“没错，她在这儿吗？”

“哦，在的。但恐怕您现在无法见到她，至少一段时期是见不到了。她正在接受严格的休养治疗。”护士长露出心照不宣的笑容，“禁止通信，不允许引发情绪激动的访客探视……”

“哦，她的情况不会很糟糕吧？”

“很严重的神经失常：记忆缺失，神经衰弱。不过，我们会治好她的。”

护士长露出安慰的笑容。

“我想想，我好像听托里——巴塞洛缪爵士提起过她？她不仅是他的病人，还是他的朋友吧？”

“应该不是，查尔斯爵士。至少医生从没提到过。她最近才从西印度群岛抵达这里，我必须告诉您，非常好笑。对于仆人来说，她的名字十分难记，这边的客厅女仆也很笨。女仆跑来告诉我，‘西印度太太来了。’我想，‘拉什布里奇’确实跟‘西印度’发音有些相似[①]，但她刚从西印度群岛来到这里，真是个巧合。”

①拉什布里奇的英文发音 Rushbridger 与西印度的英文发音 West India 有些相似。

“非，非常，非常有意思。她丈夫也来了吗？”

“他还在那边。”

“啊，是的，是的。我肯定是把她和另外一个人搞混了。医生对这个病案格外感兴趣吗？”

“记忆缺失的案例相当常见，但对于医学研究者而言，每个病案都会引发他的兴趣，因为你要知道，病案各有不同。几乎没有两个相似的病例。”

“确实出乎我的意料。好了，谢谢你，护士长，很高兴与你聊天。我知道托里对你评价很高。他常常谈起你。”查尔斯爵士虚情假意地结束谈话。

“哦，听您这么说我很高兴。”护士长面色绯红，扬了扬头，“他真是个杰出的人啊，对我们来说是巨大的打击。我们都非常吃惊——嗯，或许‘震惊’更准确一些。谋杀！我很奇怪，谁会想要谋杀斯特里兰奇医生呢。真是不可思议。那个可恶的管家。我希望警方能抓到他。不过他也没什么动机。”

查尔斯爵士悲伤地摇摇头，便与萨特思韦特一同离开疗养院，沿着马路绕到汽车等待他们的地点。

由于同护士长面谈时被迫沉默许久，萨特思韦特现在变本加厉，对奥利弗·曼德斯发生意外的现场表现得格外有兴趣，并不断盘问门房看守人，一个迟钝的中年男人。

没错，意外就是在这里发生的，墙已经被撞塌了。当时这个年轻人正骑着摩托。不，他没有亲眼看见意外发生。不过他听见了，于是出门查看。当时，年轻人正站在那里，就是另一位先生现在站的地方。他看上去毫发无损，满脸悔恨地看着自己的摩托，现场真是一团糟啊。他问了问这是哪里，听说是巴塞洛缪·斯特里兰奇爵士的住处，便说了句“还算走运”，然后往庄园去了。他看起来是个非常冷静镇定的年轻人，只是似乎很疲惫。门房看守人不清楚他为什么会发生这种意外，但他对二人说，事情有时会出些差错。

“是场蹊跷的意外。”萨特思韦特若有所思地说。

他朝马路看去，路面宽阔平直，没有转弯，没有危险的路口，没什么会让一位摩托车手突然急转，撞上一堵十英尺高的墙。的确很蹊跷。

“你想到什么了，萨特思韦特？”查尔斯爵士好奇地问。

“没什么，”萨特思韦特说，“没什么。”

“确实很奇怪。”查尔斯爵士说。他也盯着意外现场看，一脸困惑。

二人坐上汽车，离开了庄园。

萨特思韦特思绪纷乱。德·拉什布里奇太太——卡特莱特的假设不成立，那不是密文暗语，确实有这么个人。会不会是那个女人身上有什么秘密？或许她是什么事件的目击证人；又或许，巴塞洛缪·斯特里兰奇单纯因为对这个病例非常感兴趣，才会变得异常兴奋。她会不会是一位颇具魅力的女人？在五十五岁的年纪坠入爱河，确实能（萨特思韦特已经见过很多次）让一个男人性情大变。即便他以前性格冷淡，也可能因此变得外向活泼，爱开玩笑……

查尔斯爵士倾身向前，打断了萨特思韦特的思绪。

“萨特思韦特，”他说，“咱们可以再返回去一趟吗？”

没等萨特思韦特回答，查尔斯爵士就拿起通话器，告诉司机往回走。车子渐渐放缓速度停下，倒车开上一条岔路。不一会儿，他们就驶向了相反的方向。

“怎么了？”萨特思韦特问。

“我想起来到底哪里不对劲了。”查尔斯爵士说，“是管家房里地上的墨渍。”

第六章　墨水渍

萨特思韦特惊讶地看着友人。

“墨渍？什么意思，卡特莱特？”

“你还记得吗？”

“是，我记得有一块墨渍。”

“记得它的位置吗？”

“嗯……不是很确切了。”

“它在壁脚板上，离壁炉很近。”

“没错，是这样的，我想起来了。”

“你觉得这块墨渍是怎么弄上去的，萨特思韦特？”

“这块墨渍不大，”他开口道，“不会是打翻了墨水瓶。我认为最有可能的是，管家的钢笔掉下来，把墨水泼在这里。你记得吧，房间里没有钢笔。”萨特思韦特此时暗想，他应该会发现我的观察力和他一样敏锐。“很明显可以看出，假如他经常写东西，他就一定有一支钢笔。但是没有证据显示他写过东西。”

“有证据，萨特思韦特。墨渍能证明。”

“他也许不是在写东西呢，”萨特思韦特打断他的话，“也许他只是把钢笔掉在地上了。”

“但是，如果笔帽没有摘下来，就不会有墨渍了。”

“你说得对。”萨特思韦特说，“但我不明白这有什么古怪。”

“也许什么古怪也没有，”查尔斯爵士说，“但我得回去亲自查看一下，才能得出结论。”

他们从门房处的大门驶入庄园，几分钟后来到楼前。其他人都很奇怪，为何二人去而复返，查尔斯爵士便谎称自己把一支铅笔落在了管家的房间。

查尔斯爵士巧妙地将热心能干的莱基太太甩开，关上埃利斯的房门。这时他开口说道：“那么，咱们现在就看看，到底我是在犯傻，还是能有所发现。”

在萨特思韦特看来，前一种的可能性远远大于后者，但他很客气，没有说出来。他坐在床上，看着对方。

“咱们的墨渍在这里，”查尔斯爵士用脚指着说，“壁脚板上，书桌对面的墙壁上。人在什么情况下，会把钢笔掉在那里？”

“你把钢笔掉在哪儿都可以。”萨特思韦特说。

“你当然可以把它扔到房间那头，”查尔斯爵士同意道，“但通常人们不会这样乱扔钢笔。不过我也不确定，因为钢笔很让人伤脑筋，每次你想写字的时候笔尖都不出水，写不出东西来。或许情况是这样的：埃利斯失去耐性，说了句‘混蛋玩意儿’，然后把它扔到房间那头。”

“我觉得还有很多可能的情形。”萨特思韦特说，“或许他只是把钢笔放在壁炉台上，它自己掉了下来。”

查尔斯爵士用一支铅笔做试验。他让铅笔从壁炉台的角上滚落下来，铅笔掉在地上，离墨渍至少一英尺远，接着朝中心的炉火滚过去。

“喏，”萨特思韦特说，“这你怎么解释？”

“容我想想。”

萨特思韦特坐在床上，目睹一场妙趣横生的表演。

查尔斯爵士尝试一边往壁炉的方向走，一边让铅笔从手中掉落。他还坐在床边，试着在写字的时候掉落铅笔。为了让铅笔落到墨渍的位置，必须要用难以置信的姿势，紧贴墙站着或坐着。

“这不可能。”查尔斯爵士大声说道。他站在那里，反复思索着墙壁、墨渍和那个小小的、呆板的炉子。

“嗯，如果他在烧纸……”他若有所思地说，“但人们不会在壁炉里烧纸……”

他突然倒吸一口气。

转眼间，萨特思韦特就看到了查尔斯爵士出色的专业能力。

查尔斯·卡特莱特变成了管家埃利斯。他坐在书桌旁写字，看上去鬼鬼祟祟的，不时抬眼东张西望。突然，他好像听见了响动，萨特思韦特甚至能猜出这响动是什么，那是走廊上传来的脚步声。这个人心怀鬼胎，觉得脚步声别有用心，于是赶忙站起身来，一只手里抓着正写的东西，另一只手里握着钢笔。他一个箭步冲到房间那头的壁炉，警醒地支着耳朵听，满脸惊慌。他想把纸塞到炉子下面，因为要用到两只手，于是他匆忙将钢笔扔到一边。这场戏里的“钢笔”是查尔斯爵士的铅笔，它准确地落在墨渍的位置。

“妙极了！”萨特思韦特慷慨喝彩。

这场表演十分出色，萨特思韦特都觉得埃利斯确实是这样行动的，也只可能这样行动。

“瞧见没？”查尔斯爵士又变成了自己，语气中略带得意，“如果这个家伙听见警察来了，或者他以为警察来了，就会把自己正在写的东西藏起来。那么，他能藏在哪儿呢？不会藏在抽屉里，也不会在床垫下面，因为警察如果搜查房间，藏在这些地方的东西马上会被发现。他又没时间撬起地板。这样，他就只能藏到炉子后面。”

“接下来，”萨特思韦特说，“我们得查清楚，炉子后面究竟有没有藏着什么。”

“没错。当然，他或许只是虚惊一场，后来又把东西取了出来。但我们只能盼望走运了。”

查尔斯爵士脱下外套，卷起袖子，趴在地上，往炉子下面的裂缝里看。

“下面有东西，”他说，“白色的。咱们怎么把它取出来？需要女士用的帽针之类的东西。”

“现在女士们都不用帽针了。”萨特思韦特遗憾地说，“或许小折叠刀可以。”

但小折叠刀不好用。

最终，萨特思韦特出去向贝阿特丽丝借了一根毛衣针。虽然她打心眼里好奇萨特思韦特为什么需要毛衣针，但是她得体的行事规范又让她不得不止住自己的好奇心。

毛衣针很好用。查尔斯爵士掏出了一沓皱皱巴巴的纸，上面写有字迹，看样子是被人急急忙忙抓起来塞进去的。

他激动万分，与萨特思韦特一起展平这些纸张。它们都是为同一封信打的草稿，字迹小而整洁。

（这是第一封）

本信件之来信者并不希望引发任何不快，他对今晚所见之事或许也有误解，但是……

写到这里，写信人显然不是很满意，于是停下笔，重新开始。

管家约翰·埃利斯向您致以诚挚问候，并希望能与您简短面谈，讨论今晚发生的悲剧。他掌握一些信息，尚未向警方报告……

他还是不满意，于是又重新开始。

管家约翰·埃利斯手中掌握关于今晚医生之死的线索。他尚未向警方报告……

下一封草稿中，第三人称已经被舍弃。

我急需用钱，一千英镑于我而言十分重要。我掌握一些线索，本可以提供给警方，但我不想多生事端……

最后一封更是直白露骨。

我知道医生是怎么死的。我没有向警察吐露任何秘密，但这只是暂时的。我要和你见面……

这封草稿末尾与其他几封不同，“见面”的结尾笔迹非常凌乱，最后六个字潦草模糊。显然，埃利斯就是在写这几个字的时候，听到了什么声音，警觉地抓起所有草稿，急急忙忙藏起来。

萨特思韦特深吸一口气。

“恭喜你，卡特莱特，”他说，“你对那块墨渍的直觉是对的。做得好。咱们整理一下现有的情况。”

他稍作停顿。

“正如我们所想，埃利斯是一个流氓无赖。他不是凶手，但他知道凶手是谁，而且想敲诈那个人——”

“那个人，”查尔斯爵士插嘴，“但我们不知道是男是女，真是烦人。这个家伙怎么不在哪封信里用‘先生’或‘女士’开头，那我们掌握的情况就能更清晰。埃利斯似乎是个很讲究的人，在敲诈信的措辞上下了很多功夫。他要是能给咱们一点点线索就好了，指出这封信是写给谁的。”

“没关系，”萨特思韦特说，“我们有所进展。你记得自己说的吗，我们是想在这间屋子里找到埃利斯无辜的证据。我们找到了。这些信件表明他是无辜的——我是说他在这起凶案中是无辜的。他在其他事情上则是个彻头彻尾的流氓混蛋。但是，他没有杀害巴塞洛缪·斯特里兰奇爵士；另一个人才是凶手，而且也杀害了巴宾顿。我想警方现在也会转而同意咱们的看法。”

“你要向警方报告这些线索吗？”

查尔斯爵士声音中透着不满。

“我不认为应该隐瞒。怎么了？”

“这个嘛……”查尔斯爵士在床上坐下，眉头皱出思考的形状，“我要怎么说才好呢？当前我们掌握了一些别人没有的线索。警方在寻找埃利斯，他们认为他才是凶手。大家都知道警方认定他是凶手，所以真正的罪犯现在肯定非常得意。他（她）现在或许还没有完全卸下防备，但正感觉十分，嗯，良好。如果破坏了这种状况，岂不是坏了大事？这难道不正是咱们的大好时机吗？我是说，咱们可以趁此机会，调查清楚巴宾顿和其中一人的联系。他们不知道有人已经将本次案件和巴宾顿之死联系起来，他们不会想到这点。这可是难得的机遇。”

“我明白了。”萨特思韦特说，“我同意你的看法，这的确是个良机，但不管怎么说，我认为咱们不应该利用这种机会。我们应该将自己的发现立即报告给警方，这是我们作为公民的义务，无权向警方隐瞒。”

查尔斯爵士看着他，面色揶揄。

“萨特思韦特，你真是那种模范公民。我同意那套正规的行事方法，但我完全不是你这种好公民。我会毫不犹豫地把这条线索隐瞒一两天，只要一两天就好，怎么样？不行？好吧，我投降。咱们去当法律和秩序的支柱吧。”

“你看到了，”萨特思韦特解释道，“约翰逊是我的朋友，他对整个案件慷慨大方，毫无保留，将警方的所有行动都告诉了我们，让我们掌握了案件的所有线索什么的。”

“哦，你说得对，”查尔斯爵士叹道，“的确如此。不过，只有我想到了往炉子底下搜查。那群蠢货警察，没有一个人想到这么干……但你请自便。话说回来，萨特思韦特，你觉得埃利斯去哪儿了呢？”

“我想，”萨特思韦特说，“他已经得到了他想要的。有人给他一笔钱让他消失，他就消失了，非常彻底。”

“是的，”查尔斯爵士说，“我想就是这样。”

他轻轻打了个冷战。

“我不喜欢这个房间，萨特思韦特。咱们出来吧。”

第七章　作战计划

第二天傍晚，查尔斯爵士和萨特思韦特回到伦敦。

在这之前，他们与约翰逊上校见了面，双方的谈话可谓斗智斗勇。克洛斯菲尔德队长不太愉快，因为两位平凡的“绅士”竟然发现了自己和助手都忽略的线索。他极力想要挽回颜面。

“真是令人叹服，先生。我承认，自己从没想过搜查炉子底下。事实上，你能想到往那儿看，真是让我佩服。”

二人没有详细解释自己的推理思路，没有交代是从一块墨渍得出的线索。查尔斯爵士单纯解释成他们“只是到处翻翻”。

“不过，你们只是看了看，”队长继续道，“就找到了证据。你们找到的线索并不在我意料之外，因为如果埃利斯不是凶手，那他必定是出于某种原因才消失的，这样解释才合理。一直以来我也思考过，他牵涉其中的或许是敲诈。”

二人的线索也切实推进了一件事。约翰逊上校将与鲁茅斯警方取得联系，他们应当着手调查斯蒂芬·巴宾顿之死。

“如果他们发现巴宾顿死于尼古丁中毒，那么就连克洛斯菲尔德也得承认，两起死亡案件是有关联的。”在二人乘车返回伦敦的路上，查尔斯爵士说。

对于将自己的发现报告给警方，他还是有些不满。

萨特思韦特安慰他说，这些线索不会公之于众，也不会提供给媒体报道。

“警方还在继续寻找埃利斯，不会打草惊蛇。”

查尔斯爵士承认的确如此。

快到伦敦时，查尔斯爵士提出要与蛋蛋·利顿·戈尔取得联系。她寄信的地址是贝尔格雷夫广场，他希望她还住在那里。

萨特思韦特非常同意，他自己也急于见到蛋蛋。二人计划一抵达伦敦，就由查尔斯爵士给她打个电话。

蛋蛋还在伦敦，她和妈妈住在亲戚家中，大约一周之后才回鲁茅斯。听说两位男士想邀请她出来吃饭，她马上答应下来。

“我想她不会乐意来这儿的。”查尔斯爵士在自己奢华的公寓里四处转悠着说道，“她妈妈不会愿意的，对吧？我们当然也可以把米尔雷小姐请来，但最好还是不要了。说实话，米尔雷小姐与我的作风有些不符。她过于雷厉风行，让我感觉自己才是她的下属似的。”

萨特思韦特提议去他的住处。最终，他们决定去伯克利酒店吃完饭，之后如果蛋蛋愿意，他们可以换个地方继续聊。

萨特思韦特一眼看出这姑娘瘦了。她的双眼显得更大也更兴奋，下颌更有线条。她面色苍白，还有黑眼圈。但她魅力不减，依然充满孩子般的热切渴望。

她对查尔斯爵士说：“我就知道你会来……”

她语气里暗含的意思是：“你来了，一切就会好了……”

萨特思韦特暗想：“但她不确定他会不会来，一点把握也没有。她如坐针毡，焦躁不安。难道他还没发现吗？演员通常都很自负，只关注自己……难道他不知道，这姑娘已经全心全意爱上他了吗？”

他认为现在的状况很是奇怪：查尔斯爵士完全爱上了这姑娘，毫无疑问；她也同样爱着他。而将两人联系在一起的纽带竟然是一桩凶杀案。他们都沉迷于此案，案中已有两位受害者殒命，十分残忍。

晚餐期间，大家话很少。查尔斯爵士提到自己在国外的见闻，蛋蛋聊起鲁茅斯。二人沉默无话时，萨特思韦特则不时挑起话头，让二人接着聊下去。晚餐过后，他们来到萨特思韦特家中。

萨特思韦特家位于切尔西堤道上。房子很大，布置了许多上好的艺术品，有画作、雕塑、中国瓷器、史前陶器、象牙制品、小画像，还有货真价实的齐本德尔式和赫波怀特式家具[①]。家中的整体氛围亲切柔和，温馨舒适。

蛋蛋·利顿·戈尔对这些视而不见，毫不在意。她将晚礼服大衣脱下扔到椅子上，说：

"终于到这儿了。跟我说说吧。"

查尔斯爵士讲述了他们在约克郡的经历，蛋蛋饶有兴趣地听着。当他讲到发现那沓勒索信时，蛋蛋猛地倒吸一口气。

"那之后发生的事情，我们只能猜测。"查尔斯爵士总结道，"对方可能给了埃利斯一笔钱让他闭嘴，他则带着钱跑了。"

蛋蛋摇了摇头。

"哦，不对。"她说，"你没看出来吗？埃利斯已经死了。"

两个男人吃了一惊。蛋蛋重申她的观点：

"他当然是死了，所以他才会消失得如此彻底，没人知道他的行踪。他知道得太多，就被杀了。埃利斯是第三位受害人。"

①齐本德尔式和赫波怀特式家具：十八世纪流行于英国的两种经典家具式样。

尽管两个男人之前都没有想到这一点，但他们不得不承认，这也不是完全没有可能的。

“但是好好想想吧，姑娘，”查尔斯爵士争辩道，“虽然我们可以说埃利斯已经死了，可他的尸体呢？管家大约有十二英石[①]，尸身总得有个去处吧。”

“我不知道尸体在哪儿。”蛋蛋说，“很多地方都有可能。”

“不多，”萨特思韦特喃喃道，“没什么地方……”

“有许多呢。”蛋蛋坚持道，“我想想……”她稍作停顿，“阁楼，很多阁楼都没人去的。他可能在阁楼的一个箱子里。”

“不太可能，”查尔斯爵士说，“但也不排除。或许可以……嗯……暂时躲避搜查。”

避免争执不是蛋蛋的风格。她马上针对查尔斯爵士心中的问题提出自己的看法。

“气味会向上飘散，而不是向下。相比于阁楼，人们会更快发现地窖里的腐尸。此外，很长一段时间内，人们都会认为那是死老鼠的味道。”

“如果你的假设成立，那么凶手一定是个男人。一个女人无法在庄园里四处拖动尸体。事实上，这对男人来说也不容易。”

“嗯，还有别的可能。你知道的，房子里有条密道，是萨特克里夫小姐告诉我的，而且巴塞洛缪爵士还说他会带我去看看。凶手也许把钱给了埃利斯，带他到密道，让他从那里逃跑，接着凶手和他一起走入密道，并在那里把他杀了。一个女人也可以做到，她可以从身后用刀子捅他之类的，之后把尸体留在那里，自己返回房子，谁都不会发现。”

①英石：英制质量单位，十二英石约合 76.2 千克。

查尔斯爵士半信半疑地摇摇头，但他不再与蛋蛋争辩。

萨特思韦特可以肯定，当他们在埃利斯屋内找到那些信件时，查尔斯爵士就有了同样的怀疑。他记得查尔斯爵士打了个冷战。那时他就想到埃利斯或许已经死了……

萨特思韦特暗自思忖："如果埃利斯已死，那我们的对手就十分危险。是的，十分危险……"他突然感到一阵寒意上身，不禁毛骨悚然。

一个手上握有三条人命的凶手，会毫不迟疑地继续杀人。

他们现在身处险境，三个人都是：查尔斯爵士、蛋蛋和他。

如果他们查出太多线索——

查尔斯爵士的声音打断他的思绪。

"蛋蛋，关于你信里写的事情，还有一件我不明白。你提到奥利弗·曼德斯的境况十分不妙，警察对他产生了怀疑。我看不出警方对他有任何怀疑。"

萨特思韦特看出蛋蛋稍显不安。他甚至看出她脸色涨红。

"啊哈，"萨特思韦特心想，"我看你怎么解释，小姑娘。"

"我犯傻了，"蛋蛋说，"当时有些糊涂。奥利弗以那种方式来到这里，理由可能是编造的。哦，我以为警方肯定会怀疑他的。"

查尔斯爵士轻易相信了这个解释。

"是这样啊。"他说，"我知道了。"

萨特思韦特开口问道：

"他的理由是捏造的吗？"

蛋蛋转向他。

"你的意思是？"

"那场意外有些蹊跷，"萨特思韦特说，"我以为，如果是捏造的理由，你应该是知情的。”

蛋蛋摇摇头。

“我不知道，也没想过。但是奥利弗如果没有发生意外，为什么要假装出了事故呢？”

“他或许有某些理由。”查尔斯爵士说，“很自然的理由。”

他面带微笑看着她。蛋蛋面色绯红。

“哦，不。”她说，“不会的。”

查尔斯爵士叹了口气。在萨特思韦特看来，他的这位朋友大大误会了蛋蛋绯红的脸色。查尔斯爵士再开口时，显得更加悲伤和苍老。

“既然如此，”他说，“如果我们年轻的朋友没有危险，我又有何用武之地呢？”

蛋蛋快步向前，抓住他的外衣袖子。

“你不能再离开了。你不会要放弃吧？你要找出真相，真相。我只相信你能找出真相。你可以的，一定会成功。”

她万分恳切真诚。她的激情与活力似乎席卷荡平了屋里的老旧气息。

“你相信我？”查尔斯爵士说。他深受感动。

“是的，是的！我们会发掘出真相。我和你一起。”

“还有萨特思韦特。”

“当然，还有萨特思韦特先生。”蛋蛋不痛不痒地说。

萨特思韦特暗自微笑。无论蛋蛋是否接纳他入伙，他可不想被排除在外。他对神秘事件很感兴趣，喜欢观察人性表现，还容易受到情侣间互动的感触。这起事件能够同时满足他这三样兴趣。

查尔斯爵士坐下来。他声音起了变化，好似在用命令的口吻，导演一出戏剧。

“首先，我们需要厘清现有的情况。是同一个人杀死了巴宾顿和巴塞洛缪·斯特里兰奇，我们是否都同意？”

“同意。”蛋蛋说。

“同意。”萨特思韦特说。

“我们是否认为，第二起凶案是由第一起直接引起的？我是说，我们是否认为，巴塞洛缪·斯特里兰奇之所以被杀，是因为凶手不想让他揭开第一起凶案的真相，或者不想让他印证自己的怀疑？”

“是的。”蛋蛋和萨特思韦特异口同声，再次赞同。

“那么，第一起凶案才是我们调查的重点，而不是第二起。”

蛋蛋点点头。

“在我看来，我们必须查清第一起凶案的动机，否则难以找出凶手。查清动机困难重重。巴宾顿是一位与人无碍、待人和蔼、温柔亲切的老人；在人们眼中，他在这个世上没有敌人。但他还是被杀了——他会被杀，一定有什么原因。我们要找出这个原因。”

他停顿一下，然后用日常的口吻说：

“咱们开始吧。凶杀一般都有哪些原因？我想第一个应该是谋财。”

“报仇。”蛋蛋说。

“杀人狂。”萨特思韦特说，“这起案件不太符合激情犯罪的特征。不过，还有畏惧。”

查尔斯·卡特莱特点点头，在一张纸上写写画画。

“这些基本总结了所有原因。”他说，“首先，谋财。巴宾顿死后，有人会从中获利吗？他有财产吗，或者即将获得的财产？”

“我想不太可能。”蛋蛋说。

“我也这样认为，不过我们最好还是向巴宾顿太太询问这一点。”

“然后是报仇。巴宾顿以前伤害过谁吗，或许在他年轻的时候？他是不是娶了其他男人钟爱的姑娘？这点也需要调查。”

“然后是杀人狂。是不是一个疯子杀了巴宾顿和托里？我认为这个假设不太成立。就算是疯子，杀人时也总会有些原因的。我是说，一个疯子可能会认为自己有权杀死医生或者牧师，但不是两种都杀。我想可以排除掉杀人狂这个假设。最后就是恐惧。

“老实说，在我看来，这是最有可能的。巴宾顿知道某人的一些事，或者他认出了谁。凶手干掉他，是为了封口。”

“我看不出像巴宾顿这样的人会知道当晚哪位客人致命的秘密。”

“或许，”查尔斯爵士说，“他知道那些事情，却不自知。”

他进一步阐明自己的观点。

“我很难表达清楚自己的想法。我只是举个例子，假如巴宾顿在某时某地看到过某个人，虽然他认为此人没什么理由不在那里，但此人出于某种原因，编造了一个绝佳的不在场证明，显示自己当时在上百英里以外的地方。这样一来，老巴宾顿随时会在不经意间将事情的真相揭露。”

“我明白了。”蛋蛋说，“假设伦敦发生了一起凶案，而巴宾顿在帕丁顿车站[1] 看到了那个凶手，但是凶手却通过不在场证明，证明自己当时在利兹[2]，因此没有犯案。这样，巴宾顿就可能将整件事的真相揭发。”

---

①帕丁顿车站：位于伦敦地区，历史悠久。

②利兹：英国第三大城市，位于英格兰北部。

“就是这个意思。当然，我只是举个例子，也可能是其他情况。他认识当晚的某个人，而且知道那人的另一个名字——”

“也许和婚姻有关，”蛋蛋说，“牧师主持过很多婚礼。可能有人重婚。”

“也可能与生育或死亡有关。”萨特思韦特提出。

“范围太广了。”蛋蛋皱着眉头说，“我们得换个思路。从在场的人往回推理。咱们列个单子吧。谁当时在你家，谁又在巴塞洛缪爵士家。”

她从查尔斯爵士手中拿过纸笔。

“戴克斯夫妇，两次都在场。那个像打蔫的卷心菜的女人，叫什么来着……威尔斯……萨特克里夫小姐。”

“你可以排除安吉拉，”查尔斯爵士说，“我跟她认识很多年了。”

蛋蛋皱起眉头，不肯同意。

“我们不能这样。”她说，“仅凭我们与他们熟识，就把他们排除，那可不行。我们得公事公办。另外，我完全不了解安吉拉·萨特克里夫。根据我现在掌握的情况，她与其他人一样有可能是凶手，甚至可能性还要再大一点。女演员都有些隐秘的过往。整体来看，我觉得她是嫌疑最大的。”

她傲慢地直视查尔斯爵士。他眼中闪烁着回应的精明的光芒。

“照你所说，我们也不能排除奥利弗·曼德斯。”

“怎么可能是奥利弗？他之前就见过巴宾顿先生很多次了。”

“两起案件他都在场，而且他第二次抵达时有点令人怀疑。”

“很好。”蛋蛋说，她停顿一下，接着说，“这样看来，我最好把妈妈和我自己也写上去……那么嫌疑人一共有六个。”

“我不认为——”

“我们要么按章办事，要么就随心所欲。”她目光闪闪。

萨特思韦特叫人送来饮料，缓和了局面。

查尔斯爵士踱到远处的角落里，欣赏一件黑人头像的雕塑。蛋蛋来到萨特思韦特身边，挽住他的胳膊。

“没控制住自己的脾气，我真是蠢。”她嘟囔道，“我真是蠢，但为什么那个女人可以排除？为什么他那么热心要把她排除？哦，天哪，我怎么会嫉妒得如此发狂？”

萨特思韦特微笑着拍拍她的手。

“嫉妒永远都不值得，亲爱的。”他说，“如果你感到嫉妒，不要表现出来。另外，你真的认为小曼德斯有嫌疑吗？”

蛋蛋露齿一笑，友善又孩子气。

“当然不是。我把他放进去，是为了让那位放下戒心。”她扭了下头。查尔斯爵士还在闷闷不乐地端详黑人雕塑。“你知道，我不想让他真的认为我喜欢上了奥利弗，我没有。真是难以拿捏！他现在又变回那副‘孩子们，祝福你们’的态度。我不想要这样。”

“耐心一些，”萨特思韦特安慰道，“最终结局都是大团圆，你知道。”

“我没耐心，”蛋蛋说，“我想要的就必须马上达成，再快一点才好。”

萨特思韦特哈哈大笑，查尔斯爵士转身朝他们走来。

三人边喝饮料，边制订了作战计划。查尔斯爵士要回鸦巢去，那里还没有卖掉；蛋蛋和妈妈要提前回到玫瑰小屋；巴宾顿太太还住在鲁茅斯，他们需要尽可能向她了解更多信息，然后才好根据情况继续下面的行动。

“我们会成功的，”蛋蛋说，“我相信我们会的。”

她倾身向前看着查尔斯爵士，目光炽热，伸手与他碰杯。

“为我们的成功干杯。”她提议道。

他缓缓移动目光，对上她的双眼，接着将杯子举到唇边。

“为了成功，”他说，“也为了未来……”

第三幕　揭秘

第一章 巴宾顿太太

巴宾顿太太搬了家，住在一幢渔民小屋里，房子不大，距港口不远。她妹妹大约六个月后会从日本回来，在那之后，巴宾顿太太才会考虑未来生活的计划。这幢小屋刚好空着，于是她便住下，打算住上半年。她突遭变故，实在不知所措，尚未准备好离开鲁茅斯。斯蒂芬·巴宾顿在鲁茅斯的圣彼得罗克区已经住了十七年。总体来说，尽管他们经历了儿子罗宾去世的巨大悲痛，这十七年还算过得幸福安稳。她还有三个孩子，爱德华在锡兰[①]，劳埃德在南非，斯蒂芬则在安格利亚号上担任三副。他们常常给她写信，非常关心母亲，却都无法接她同住或者搬来陪她。

玛格丽特·巴宾顿非常孤单……

她没让自己闲着无事胡思乱想。她在教区依然活跃——新来的教区牧师未婚；她也在小屋前的一小块地上投入大把时间。花是她生命中的一部分。

一天下午，她正在花地里干活，听见大门闩响。她抬起头来，看到查尔斯·卡特莱特爵士和蛋蛋·利顿·戈尔。

见到蛋蛋她并不意外，她知道蛋蛋和妈妈不久就会回来；但

①锡兰：今斯里兰卡，南亚次大陆南端印度洋上岛屿，十八世纪末成为英国殖民地。

她没想到会看见查尔斯爵士。人们都在说，查尔斯爵士已经永远离开这里了。报纸上有许多文章，描述了他在法国南部的动向。鸦巢的花园里竖着一块牌子，上面写着“在售”。没人觉得查尔斯爵士会回来，但他还是回来了。

巴宾顿太太满头大汗，发型凌乱。她甩开额前的头发，懊恼地看了看自己脏兮兮的手。

“我现在无法握手。”她说，“我知道应该戴着手套在花园干活的。有时我确实也戴了，但干着干着总会把手套摘掉。摘掉手套光着手，感觉会更灵敏得多。”

她带着二人进屋。客厅很小，但家具都蒙着印花布，看起来很舒适。屋里摆着相片和许多盆菊花。

“查尔斯爵士，见到你真是意外。我以为你不要鸦巢，永远离开了呢。”

“我也以为自己不会回来了，”演员坦诚道，“但是，巴宾顿太太，有时命运不可抗拒。”

巴宾顿太太没有回应。她转向蛋蛋，而蛋蛋率先开口了。

“请听我说，巴宾顿太太。我和查尔斯爵士不只是简单看望你，而是要和你说些严肃的事情。只是，我，我实在不想让你再难过。”

巴宾顿太太看看姑娘，又看看查尔斯爵士。她的脸色变得苍白又憔悴。

“首先，”查尔斯爵士说，“我想知道内政部是否和你联系过了？”

巴宾顿太太低下头。

“我知道了。这样的话，或许我们将要说的事情，你不会太难接受。”

"你们来就是想说这件事吗，开棺验尸？"

"是的。这会不会——恐怕这一定让你非常难以接受。"

他话中充满同情，让巴宾顿太太的情绪稍有缓和。

"或许我并没有像你想的那样介意。对有些人来说，开棺验尸的想法可能很难接受，但对我不是。死去的肉身不重要，我挚爱的丈夫在其他地方，平和安详，没人会打扰他长眠。不，这点没有关系。让我震惊的是另一个想法，那个想法简直骇人听闻——斯蒂芬居然是非正常死亡。这似乎是不可能的，完全不可能。"

"恐怕你确实会感到不可思议。一开始，我也觉得，我们都觉得不可思议。"

"一开始是什么意思，查尔斯爵士？"

"你丈夫死去那天晚上，我有一瞬间怀疑他是被谋杀的，巴宾顿太太。然而，我像你一样，感觉那不可能，所以就没有再深究。"

"我也曾怀疑过。"蛋蛋说。

"你也怀疑过？"巴宾顿太太惊讶地看着她，"你也认为有人可能谋杀了……斯蒂芬？"

她难以置信的语气让两位客人一时间不知如何作答。最终，查尔斯爵士开始讲述事情的来龙去脉。

"巴宾顿太太，如你所知，我出国了。我在法国南部时，看到报纸上刊登了我朋友巴塞洛缪·斯特里兰奇的死讯，案发的情况几乎与你丈夫一模一样。我还收到一封利顿·戈尔小姐的来信。"

蛋蛋点点头。

"我当时在场，就和他在一起。巴宾顿太太，巴塞洛缪爵士的遭遇完全一样，完全。他喝了些波尔多红酒，然后脸色大变，接着，接着，嗯，就都是一样的了。他两三分钟后就死了。”

巴宾顿太太慢慢摇摇头。

“我不能理解。斯蒂芬！巴塞洛缪爵士，他那样和蔼，一位医术高超的医生！谁会想伤害他们俩？肯定是弄错了。”

“记得吗，证据显示巴塞洛缪爵士是中毒身亡。”查尔斯爵士说。

“那作案的一定是个疯子。”

查尔斯爵士继续说：

“巴宾顿太太，我想从根源上追查案件的线索，我想找出真相。而且我感到，现在时间紧迫。一旦开棺验尸的消息传出去，我们这位凶手就会有所警觉。为了节省时间，对于你丈夫的验尸结果，我现在先行假设他也死于尼古丁中毒。第一个问题，你们俩知道纯尼古丁的用处吗？”

“我经常用一种尼古丁溶液喷洒玫瑰。我不知道它有毒。”

“我昨晚查阅了相关资料。我认为在两起案件里，凶手都使用了提纯生物碱。用尼古丁下毒的案件非常罕见。”

巴宾顿太太摇摇头。

“我真的不懂尼古丁中毒的知识，我只知道它可能导致长期吸烟者患病。”

“你丈夫抽烟吗？”

“抽。”

“巴宾顿太太，对于有人想杀害你的丈夫，你表现得非常吃惊。那么，这是否意味着，据你所知，他没有仇敌？”

“我肯定斯蒂芬没有仇敌。大家都很喜欢他。人们有时想瞒骗他，”她微笑一下，眼眶湿润，“因为他上了年纪，而且不喜欢变化革新。但大家都很喜欢他。查尔斯爵士，你无法不喜欢斯蒂芬。”

“巴宾顿太太，我想你丈夫身后没有留下很多财产吧？”

“对，几乎没有。斯蒂芬存不下钱，他施舍出去太多。我曾经说过他。”

“他也不会从谁那里继承遗产吧？他不是什么财产继承人吧？”

“哦，不是的。斯蒂芬的亲戚不多。他有个妹妹，嫁给了一位牧师，住在诺森伯兰郡[①]，但生活拮据。他的叔叔姑姑什么的都已经去世了。”

“那么，巴宾顿先生去世后，应该不会有人从中获利？”

“没有。”

“咱们再回到仇敌的问题上来。你说你丈夫没有仇敌，但他年轻时或许会有。”

巴宾顿太太似乎并不同意。

“我想不太可能。斯蒂芬不喜欢与人争执，总是和和气气的。”

“这也许听起来有点戏剧化，”查尔斯爵士有点紧张地咳了一下，“但是，嗯，比如说，他跟你订婚的时候，当时有其他失落的追求者吗？”

巴宾顿太太的眼中有一丝闪光。

“斯蒂芬是我父亲的助理牧师。他是我从学校回家后见到的第一个小伙子，我们一起坠入爱河。我们订婚四年，后来他在肯特郡谋到了职位，我们便结婚了。我们的爱情故事很简单，也很

①诺森伯兰郡：位于英格兰东北部。

幸福，查尔斯爵士。”

查尔斯爵士低下头，巴宾顿太太简朴端庄的气质很有魅力。

蛋蛋接过提问者的角色。

“巴宾顿太太，在你看来，查尔斯爵士当晚的客人中，你丈夫之前有见过谁吗？”

巴宾顿太太面露疑惑。

“嗯，亲爱的，有你和你妈妈，还有年轻的奥利弗·曼德斯。”

“没错，那其他人呢？”

“我们五年前在伦敦看过安吉拉·萨特克里夫演戏。当晚我和斯蒂芬将要近距离接触她，都十分激动。”

“你们没有在生活中见过她吗？”

“没有，我们从没见过女演员，也没见过男演员，直到查尔斯爵士搬来这里住。”巴宾顿太太补充道，“查尔斯爵士住在这里让我们很兴奋。他可能不知道自己的到来对我们而言多么美妙，他给我们的生活带来了浪漫气息。”

“你们见过戴克斯船长和太太吗？”

“丈夫个头矮小、妻子穿着华丽的那对夫妇吗？”

“是的。”

“没见过。另外那个女人也没见过，就是那个编剧。可怜的女人，我想她应该很受冷落。”

“你确定你们以前谁都没见过？”

“我确定我没见过，所以我很确定斯蒂芬也没见过。我们做什么事情都在一起。”

“巴宾顿先生也没有跟你说过什么？”蛋蛋继续追问，“他见到这些人之前或之后，什么都没说过吗？”

“之前没说过，只是对那个有趣的夜晚很期待。我们抵达之后，并没有很多机会——”她面色突然变得悲痛。

查尔斯爵士马上打断对话。

“请原谅我们如此烦扰你。但请你理解，我们认为一定有某些线索，我们得查清楚。一场凶杀案虽然表面上残忍而毫无道理，可背后一定有什么原因。”

“我理解，”巴宾顿太太说，“如果这是谋杀，就一定有原因……但是我不知道，我想不通会有什么原因。”

三人沉默一阵，查尔斯爵士率先说道：

“可以简要描述一下你丈夫职业生涯的时间线吗？”

巴宾顿太太把时间记得很清楚。查尔斯爵士最终的笔记如下：

“斯蒂芬·巴宾顿，一八六八年生于德文郡伊斯灵顿，先后于圣保罗学校和牛津就学。一八九一年成为教会执事，在霍克斯顿教区任职；一八九二年成为牧师；一八九四年至一八九九年，于萨里郡埃斯灵顿担任弗农·洛里默牧师的助理；一八九九年与玛格丽特·洛里默完婚，并被举荐至肯特郡吉尔林任职；后于一九一六年移居至鲁茅斯的圣彼得罗克区。”

“这为我们提供了一些可以调查的方向。”查尔斯爵士说，“我觉得其中最值得关注的，是巴宾顿先生在吉尔林的圣玛丽区担任教区牧师的那段时期。那之前的经历太过久远，应该与当晚到我家的客人没有什么联系。”

巴宾顿太太打了个冷战。

“你们真的认为……其中一个人……？”

“我无法确定。”查尔斯爵士说，“巴塞洛缪看到或者猜到了什么，之后他以同样的方式死了，当时其中五位——”

“七位。”蛋蛋说。

“——都在场。他们中的某一个人肯定是凶手。”

“但为什么呢？”巴宾顿太太大声道，“为什么？谁会想要杀掉斯蒂芬，动机又是什么？”

“这个，”查尔斯爵士说，“就是我们要查清楚的。”

第二章　玛丽夫人

萨特思韦特也和查尔斯爵士一同回到了鸦巢。屋主和蛋蛋·利顿·戈尔去探望巴宾顿太太时，萨特思韦特则在这边与玛丽夫人喝茶。

玛丽夫人很欣赏萨特思韦特。尽管她温柔可亲、和蔼高雅，内心却是个爱憎分明的女人。

萨特思韦特端起德累斯顿瓷杯，喝了一小口中国茶。他吃了一小块三明治，与玛丽夫人聊着天。他上次登门拜访时，发现二人有许多共同的朋友和熟人。他们今天从同样的内容开始聊，继而渐渐深入。萨特思韦特是个充满同情心的人，会听取其他人的烦恼，并不会谈起自己的麻烦。他上次登门拜访时，玛丽夫人就向他倾吐了对女儿未来的担忧，那似乎都是自然而然的事。现在，她和他聊着天，好像与多年的老朋友一起谈心。

“蛋蛋是个一根筋的孩子，”她说，“她会全身心地投入一件事。萨特思韦特先生，我不愿意让她这样——嗯，搅入这摊浑水里。我知道，蛋蛋一定会嘲笑我，但我觉得她这样做很没有淑女样。”

说完，她脸色绯红。她望着萨特思韦特，褐色的眼睛里都是温柔坦诚，有种孩子般的恳切。

“我明白你的意思。”他说，“我承认，我自己也不太喜欢这样。我知道这只是老观念里的偏见，但就是这么回事。不管怎么说，”他向她眨眨眼，“现在社会开化了，我们不能指望年轻姑娘们还整天窝在家里做女红，一听到暴力犯罪就浑身发抖。”

“我不喜欢琢磨凶杀案。”玛丽夫人说，“我从来没有想过自己会卷入这种事情。太可怕了。”她哆嗦了一下，“巴塞洛缪爵士真是可怜。”

“你和他熟悉吗？”萨特思韦特大胆问道。

“我和他只见过两次面。第一次大约在一年前，他当时来找查尔斯爵士度周末；第二次就是那个可怕的晚上，可怜的巴宾顿先生去世了。收到他的邀请时，我十分意外。我接受了邀请，因为我以为蛋蛋会愿意去。邀请她的宴会不多，可怜的孩子。况且，嗯，她那时看上去闷闷不乐，好像对什么事情都提不起兴趣。我想一场热闹的家庭宴会应该可以让她开心一些。”

萨特思韦特点点头。

“跟我说说奥利弗·曼德斯吧，”他说，“那个小伙子让我很感兴趣。”

“我觉得他很聪明。”玛丽夫人说，“当然，他的经历有些坎坷……”

她面色涨红，萨特思韦特向她投来探寻的目光。她继续说道：

“你瞧，他的父亲没有与他母亲结婚……”

“真的？我不知道这件事。”

“这里大家都知道，否则我不会提及一个字。奥利弗的外祖母是老曼德斯太太，她住在登博伊尼的一幢大房子里，就在普利茅斯路上。她丈夫是这里的一位律师；儿子在城里一家公司工作，干得很不错，是个有钱人；女儿则是个漂亮的姑娘，后来与一位有妇之夫纠缠不清。我觉得那个男人负有很大责任。不管怎么说，流言蜚语甚嚣尘上，丑闻曝光，他们最终一起私奔了。那个男人的妻子不愿意离婚。奥利弗出生不久，他妈妈就死了。奥利弗的舅舅身在伦敦，把他接过去抚养。他们没有自己的孩子。奥利弗有时与舅舅一家在一起，有时与外祖母住一阵。每逢暑假，他都会来这里。”

她停顿一下，继续说道：

“我常常为他感到遗憾，现在也很同情他。我觉得，他那副惹人厌烦的刚愎自用的样子，都是在装腔作势。”

“意料之中，”萨特思韦特说，“这是很常见的现象。如果我遇见谁自视甚高、不停吹牛，我就知道这个人内心某处一定有不为人知的自卑。”

“似乎很奇怪。”

“自卑情结说不清道不明。比如说，克利本[①] 无疑就遭受这种情结的折磨。许多罪案的背后都是它在作祟。它是伸张人格尊严的欲望。”

“在我看来很是奇怪。”玛丽夫人喃喃道。

她似乎有些老了。萨特思韦特用近乎情意绵绵的目光看着她。他喜爱她优雅的身段，稍溜的肩膀，浅褐色的温柔双眸，毫无修饰的素颜。他暗想：

“她年轻时一定是个美人……”

不是个光彩夺目的美人，不，不是玫瑰，而是谦卑而富有魅力的紫罗兰，隐隐散发着香气……

①克利本：即克利本医生（1862—1910），因谋杀其妻子而被处以绞刑。

他不禁用起自己年轻时候的辞藻。

他想起自己年轻时的故事。

萨特思韦特开始向玛丽夫人讲述自己的爱情故事，那也是他唯一的情史。以今天的标准来看，那段感情经历十分糟糕，但对萨特思韦特而言格外珍贵。

他跟玛丽夫人提起那个女孩，描述她的外貌多么美丽，讲述他们一同去裘园[①] 观赏蓝铃草的经历。他计划当天向她求婚。用他的话来说，他自以为她感动于他的感情，会有所回应。结果，他们站在那里观赏蓝铃草时，她向他坦白了……他发现，女孩爱的是另一个人。他掩藏起心中汹涌的情感，成为她身边忠实的朋友。

这段经历或许并不是严格意义上的恋爱，但玛丽夫人的小客厅的氛围很相宜，客厅里布置着褪色的印花和薄胎瓷。

之后，玛丽夫人谈起自己的过去，还谈起她那段不太幸福的婚姻。

"我真是个傻女孩。女孩都很傻，萨特思韦特先生。她们太自以为是，刚愎自用。人们总在讨论'女人的直觉'，也就此话题写作。可我不相信有这种东西，萨特思韦特先生。好像没有什么机制可以警告女孩们，让她们远离某种类型的男人——我是说从她们自身来看。父母会警告她们，但毫无用处，因为她们不会相信。虽然这种话听来可怕，但我要说，如果告诉一个女孩说谁是个坏男人，那么他身上就会产生吸引力。她立刻会认为，自己用爱情能够改造他。"

萨特思韦特轻轻点点头。

①裘园：指位于伦敦市郊的英国皇家植物园。

“一个人对另一个人的了解太少了，可当了解得更深入后，却为时已晚。”

她叹了口气。

“都是我自己的错。我的家人不愿让我嫁给罗纳德。他出身不错，但名声不好。我父亲直截了当地告诉我，他与我不合适。我不肯相信。我当时认为，他会为了我洗心革面……”

她沉默了一阵，回味着过去的事情。

“罗纳德很有魅力。我父亲对他的判断很对，我不久也发现了。这样说很老套，但他伤透了我的心。没错，伤透了我的心。我常常在担心，担心接下来又会发生什么。”

萨特思韦特总对其他人的生活有极大兴趣。他小心地表达了一下自己的同情。

“萨特思韦特先生，我这样说可能太刻薄了，但当他患肺炎而去世后，我确实感到了解脱……我并不是不在乎他，我从始至终都深爱着他，但我对他不再抱有任何幻想。我还有蛋蛋……”

她的声音柔和下来。

“她真是个可爱的小家伙，圆滚滚、胖乎乎的，总想站起来，却总是摔倒，就像个圆蛋蛋。她那个好笑的昵称就是这么来的……”

她又顿了顿。

“这几年我读的一些书给了我心灵上的慰藉，都是些心理学的书。有理论认为，人很多时候控制不住自己。这是种怪癖。有时，在条件最优渥的家庭里，孩子虽然受到精心照料，却会患上这种怪癖。罗纳德小时候曾在学校偷钱，但他不需要那些钱。我现在觉得，他当时是控制不住自己……他天生就有这种怪癖……”

玛丽夫人用一块小手帕轻轻擦了擦眼角。

“大人们从小不是这样教育我的。”她不好意思地说，“大人们教育我，每个人都是对错分明的。但不知为何，我不完全认同。”

“人的思维是个未解之谜。”萨特思韦特温和地说，“迄今为止，人类还在摸索当中，试图理解它。除了极度狂热的情况，有些人的本性中缺乏某种‘制动力’。如果我或者你说‘我恨某个人，我希望他去死’，那么这些话一说出口，我们心中便会掠过这个念头。这时，‘制动力’就会自动发挥作用，制止我们。但是，有些人的想法或执念会持续良久，无法消除。他们一心只想赶快达成自己的想法。”

“恐怕你的话对我来说太深奥了。”玛丽夫人说。

“真不好意思，我太掉书袋了。”

“你是说，现在的年轻人太没规矩了？我有时很担忧。”

“不，不是的，我完全不是这个意思。我认为，从整体上看，规矩少些是件好事。你应该是在想蛋蛋，嗯，小姐。”

“你可以叫她‘蛋蛋’。”玛丽夫人微笑着说。

“谢谢。蛋蛋小姐听起来很滑稽。”

“蛋蛋任性冲动，一旦下定决心做一件事，就会全心全意扑在上面，谁也拦不住她。就像我之前说的，我很不愿意她搅入这个烂摊子，但她不听我劝。”

萨特思韦特听出玛丽夫人话里的沮丧，不禁微笑。他暗想：

“不知道她是否有一丝一毫的觉察，是否看出蛋蛋对罪案的沉迷完全是那场古老游戏的新形式，上演的还是女追男的旧戏码。不，她若是想到这一点，一定会大惊失色的。”

“蛋蛋说巴宾顿先生也是中毒身亡的。你也这样认为吗，萨特思韦特先生？还是你认为，这仅仅是蛋蛋的妄断？”

“开棺验尸之后，我们就知道了。”

“那么，是要开棺验尸了？”玛丽夫人一阵战栗，“可怜的巴宾顿太太，真是不幸。我想，对于一个女人来说，这是最让人难受的。”

“你与巴宾顿一家走得很近吧，玛丽夫人？”

“的确如此。他们是，以前是，我们很好的朋友。”

“你知道有谁会对这位教区牧师心怀怨恨吗？”

“不知道。”

“他没提过谁？”

“没有。”

“他们夫妇两人关系融洽？”

“他们十分般配，彼此相处很好，与孩子关系也不错。当然，他们生活拮据，巴宾顿先生还患有类风湿性关节炎。这是他们唯一的烦恼。”

“奥利弗·曼德斯与牧师的关系如何？”

“这个嘛——”玛丽夫人略有迟疑，“他们不是很合得来。巴宾顿一家很同情奥利弗，他也曾经常常在假期去牧师家里和巴宾顿家的儿子们玩。不过，他应该跟那些孩子相处得不是很好。奥利弗不是个受人欢迎的孩子。他常常炫耀自己拥有的财富，自己带回学校的糖果点心，还有他在伦敦的有趣经历。男孩们总是容忍不了这种事。”

“是的。不过后来呢，他长大以后怎么样？”

“他和牧师家的人应该不常见面。实际上，有一天在我家的时候，奥利弗曾经对巴宾顿先生非常无礼。那大约是两年前。”

“发生了什么？”

“奥利弗粗鲁地攻击了基督教，巴宾顿先生则对他耐着性子，克制有礼。但是，这似乎令奥利弗更加恼怒。他说：‘你们这些信教的人都瞧不起我们，因为我父母没有结婚。你们应该叫我罪恶之子吧。有的人能够勇敢面对身上的罪孽，不在乎那群伪君子和牧师说什么。我很钦佩这种人。’巴宾顿先生没有答话，但是奥利弗继续说：‘你不肯回应我。正是教会主义和盲目信仰把这个世界搅得一团糟。我希望清除世上所有的教堂。’巴宾顿先生微笑着说：‘还有所有神职人员，是吗？’我想他的笑激怒了奥利弗，让他感觉对方没拿自己当回事。他说：‘我痛恨教会的一切主张。装模作样，保守求稳，虚伪矫饰。要我说，该把这个假仁假义的群体打倒！’巴宾顿先生笑了，他微笑起来亲切温和。他说：‘我亲爱的孩子，如果你要扫除所有已建或在建的教堂，那你还是得跟上帝算账。’”

“小曼德斯怎么回应？”

“他似乎吃了一惊，接着重燃怒火，又回到他那副冷嘲热讽的老样子。

“他说：‘我说的话可能有所冒犯，神父，而且你们这代人都难以接受。’”

“你不喜欢小曼德斯吧，玛丽夫人？”

“我很同情他。”玛丽夫人辩称。

“但你不希望蛋蛋嫁给他。”

“哦，不希望。”

“到底为什么？”

“因为，因为他不善良宽和……而且……”

“嗯？”

“而且，他身上有种感觉，我说不太清。有种冷漠……”

萨特思韦特若有所思地看了她一会儿，说：

“巴塞洛缪 · 斯特里兰奇爵士认为他这个人怎么样？他提起过曼德斯吗？”

“我记得他说过，他觉得小曼德斯是个很值得琢磨的人。曼德斯让他想起自己当时正在护理院治疗的一个病人。我说，奥利弗看起来非常强壮健康，接着他说，‘是啊，他身体不错，但他正在堕落的边缘。’”

她顿了顿，接着说：

“巴塞洛缪爵士是个非常聪慧的神经科专家吧。”

“他的同行对他的评价很高。”

“我很喜欢他。”玛丽夫人说。

“关于巴宾顿的死，他跟你说过什么吗？”

“没有。”

“他从没提起过？”

“我想没有。”

“虽然你很难讲，因为你对他不算特别了解，但是在你看来，他心里会有什么想法吗？”

“当时他看起来兴致不错，甚至被什么引得很高兴，但高兴的由头只有他自己知道。那天晚饭期间他告诉我，他将给我一个惊喜。”

“哦，他真这样说？”

萨特思韦特在回家的路上，仔细琢磨了那句话。

巴塞洛缪爵士想要给客人们什么惊喜？

这个惊喜揭开的时候，会像他表现出的那样令人开心吗？

还是说，他欢快的样子只是烟幕弹，是为了掩护他暗地里坚持不懈的目标？有人知道吗？

第三章　赫尔克里·波洛重新登场

“实话实说，”查尔斯爵士说，“我们算是有进展吗？”

这是一次战时紧急会议。查尔斯爵士、萨特思韦特和蛋蛋·利顿·戈尔都坐在船舱屋里，壁炉里的火烧得很旺，外面狂风呼号。

萨特思韦特和蛋蛋同时开口。

“没有。”萨特思韦特说。

“有。”蛋蛋说。

查尔斯爵士看看这个，又看看那个。萨特思韦特礼貌地表示女士应该优先发言。

蛋蛋沉默了一会儿，整理自己的头绪。

“我们取得了进展。”她终于说道，“我们没有找到任何线索，正因如此，我们取得了进展。这似乎是胡说八道，但其实不是。我想说的是，我们有一些模糊的想法，但现在我们知道，其中一些想法可以完全不考虑了。”

“排除法。”查尔斯爵士说。

“就是这样。”

萨特思韦特清了清嗓子。他喜欢把事情梳理清楚。

“谋财的思路我们可以搁置一边了。”他说，“用侦探小说的话来说，似乎没有人能通过斯蒂芬·巴宾顿的死而获利。报仇似乎也同样可以排除。他生性亲切和蔼，不喜与人争执；除此之外，我怀疑他无足轻重，不值得树敌。这样一来，我们就只剩最后一个粗浅的思路——畏惧。斯蒂芬·巴宾顿一死，有人就会安全无虞。”

“说得好。”蛋蛋说。

萨特思韦特看起来微微得意。查尔斯爵士有些不高兴，他才是全剧主角，不是萨特思韦特。

“关键是，”蛋蛋说，“接下来我们应该做什么——我是说，真的去做。我们是不是要去调查谁？是不是要伪装起来跟踪他们？”

“亲爱的孩子，”查尔斯爵士说，“我一直不愿贴上胡子扮演老人，现在也不会那么做。”

“那该做什——”蛋蛋马上反问。

但她的话被打断了。坦普尔开门说：

“赫尔克里·波洛先生到了。”

波洛走进屋来，容光焕发地打招呼。另外三人目瞪口呆。

“我是否可以参加这场会议，为你们提供协助？”他目光闪闪，“我说得对吗，这是一场会议吧？”

“老兄，见到你我们真高兴。”查尔斯爵士恢复镇定，热情地与客人握手，为他搬来一把巨大的扶手椅。“你是从哪儿冒出来的？”

“我去伦敦拜访老朋友萨特思韦特，他们跟我说他不在家，而是在康沃尔。好哇，我马上就想到他去了哪儿。我乘坐第一班到鲁茅斯的火车，就来到这儿了。”

“好吧，”蛋蛋说，“不过你为什么要来这儿？”

“我是说，”她发现自己的话或许有些冒失，脸色微微发红，又继续道，“你来是有什么特别的原因吗？”

“我来，”赫尔克里·波洛说，“是想承认一个错误。”

他带着动人的微笑转向查尔斯爵士，以一种外国人的方式张开双臂。

“先生，正是在这间屋子里，你曾表达过自己的不满，而我，我以为那只是你戏剧化的感觉和习惯。我告诉自己，他是名伟大的演员，他总是戏剧化地考虑一切事情。我承认，一位与人无碍的老先生竟会非正常死亡，这真是令人难以置信。直到现在，我还是不明白他是如何被下毒的，也想不出有什么动机。真是荒唐，不可思议。然而，在那之后，发生了另一起死亡事件，情况相似。不会有人认为这是巧合。不，两起案件之间一定有某种联系。因此，查尔斯爵士，我来向你道歉，我，赫尔克里·波洛犯了个错误，并希望你能接纳我成为会议的一员。”

查尔斯爵士紧张地清清喉咙，略显尴尬。

“你这样做真是太客气了，波洛先生。我不知道……占用你很多时间……我——”

他打住话头，有些不知所措。他的目光飘向萨特思韦特，向他寻求帮助。

“你真是太好了——”萨特思韦特开口。

“不不，不是我太好了。我只是好奇，而且，我的自尊心的确受到了伤害。我必须弥补自己的过错。我的时间嘛，都算不上什么事——毕竟，人为什么要旅行呢？咱们使用的语言或许不同，但无论哪里，人性都是共通的。不过，当然啦，如果我不受欢迎，你们觉得我是横插一脚——”

两位男士同时开口。

“不，不会的。”

“不是这样的。”

波洛的目光落在那位女孩身上。

“小姐觉得呢？”

蛋蛋沉默片刻，三个男人于是有了同一个想法。蛋蛋不想要波洛的协助……

萨特思韦特觉得自己理解蛋蛋的想法。这是查尔斯·卡特莱特和蛋蛋·利顿·戈尔自己的游戏。萨特思韦特勉强被接纳，大家也心知肚明，他只是个可有可无的外人。但赫尔克里·波洛不同，他会成为团队主导，甚至查尔斯爵士会因为他而退出，这样蛋蛋的计划最后就是一场空。

他看着女孩，很同情她现在的窘况。那两位男士不理解，但他半个脑子都从女性的出发点思考，颇懂女人的心思，因此也能明白她两难的境地。蛋蛋正努力争取自己的终身幸福……

她会怎么说？

然而，她又能说什么呢？她能如何说出自己内心的想法呢？“走开，走开！你一来所有事情就砸了！我不要你在这儿……”

蛋蛋·利顿·戈尔别无选择，只能说一句话。

“当然，”她脸上挂着淡淡的笑容，“我们欢迎你加入。”

第四章 侦查简报

“很好，”波洛说，“那我们就是同事了。那么，如果可以的话，请先让我熟悉一下案件的进展。”

萨特思韦特简要介绍了他们回到英格兰之后采取的行动，波洛仔细地听着。萨特思韦特是个讲故事的好手，善于制造氛围、描绘场景。他对庄园、仆人和警察局长的描述都详尽生动，令人钦佩。听到查尔斯爵士在炉子下面发现了未完成的书信，波洛热烈地表达了自己的欣赏。

“啊，这真是妙哇！”他激动地感叹道，“其中的推理、重构，真是完美！查尔斯爵士，你本应成为大侦探，而非演员。”

查尔斯爵士谦虚地接受了这份赞美，不过充满他的个人风格。多年以来，他在台上接受过不少对自己舞台表演的夸赞，他已经形成了自己接受赞美的一套无可挑剔的方式。

“你的观察也很准确，”波洛向萨特思韦特说，“你提到他突然与那位管家十分熟稔。”

“你觉得，关于德·拉什布里奇太太的想法是否有价值？”查尔斯爵士急切地问。

“这只是个想法。它表明……嗯，它表明了好几种可能呢，对吧？”

谁也拿不准这“好几种可能”是什么，但也没人愿意承认，所以另外几个人只是喃喃赞同。

查尔斯爵士接着讲述其余的行动和发现。他讲了自己和蛋蛋去拜访巴宾顿太太的经过，最终并未得到积极的成果。

“那么现在，你已经掌握了既有的情况，”他说，“你知道我们做了什么。说说吧，有什么想法？”

他探身向前，有种孩子般的急切。

波洛沉默了一会儿，另外三个目不转睛地看着他。

终于，他说道：

“小姐，你是否有一丁点印象，巴塞洛缪爵士在桌上放的是哪种波尔多红酒杯？”

蛋蛋不耐烦地摇摇头。查尔斯爵士则插话道：

“我可以告诉你。”

他起身走到柜橱，拿出几个笨重的雕花雪利酒杯。

“当然，形状与这些不太一样，更圆润一些，是很规整的波尔多酒杯。他从老拉莫斯菲尔德店里买的，当时买下了这一整套玻璃器皿。我很喜欢，他就把多余的几个给了我。质地上乘，对吧？”

波洛接过酒杯，拿在手里反复打量。

“的确，”他说，“做工精细。在我的设想中，当晚使用的就是类似的餐具。”

“为什么？”蛋蛋叫道。

波洛仅以微笑应答。

“那么，”他继续自己的话，“我们很容易可以解释清楚巴塞洛缪·斯特里兰奇爵士的死。但是，斯蒂芬·巴宾顿的死却更加复杂。啊，要是顺序调换就好了！”

"顺序调换是什么意思？"萨特思韦特问道。

波洛转向他。

"朋友，仔细想一下。巴塞洛缪爵士是一位知名医生，他被害的原因可能有很多。一位医生会知道别人的秘密，很重要的秘密。医生也有一定权力。想象一下，病人若处在理智崩溃的边缘，只要医生一句话，就会被判处流放，无法再接触这个世界。对于一个神志不清的人而言，杀掉医生是个多好的主意啊！如果自己的一位病人突然死亡，医生也会心生疑虑。哦，没错，对于医生的死，我们能够找出一堆作案动机。

"正如我所说，如果顺序调换就好了。假如巴塞洛缪·斯特里兰奇爵士先于斯蒂芬·巴宾顿被害身亡，斯蒂芬·巴宾顿就有可能看到了什么，进而对第一起死亡事件产生怀疑。"

他叹了口气，又继续道：

"但是，人不能按照自己意愿选择所办案件的情况，只能从案件本身的状况出发。这仅仅是我自己提出的一点小的想法。我想，斯蒂芬·巴宾顿的死不可能是意外，如果有人下毒的话，那这个人本来是要毒死巴塞洛缪·斯特里兰奇爵士，结果不小心杀了另一个人。"

"真是与众不同的想法。"查尔斯爵士说。他荣光焕发，但马上脸上又晴转多云，"不过，我不认为这个想法成立。巴宾顿进屋大约四分钟后，就出了状况。这段时间内，他入口的只有半杯鸡尾酒，而鸡尾酒中什么都没有——"

波洛打断他。

"这个你已经跟我说过了。但为了理论成立，我们可以假设鸡尾酒里有毒。会不会有人本来想毒死巴塞洛缪·斯特里兰奇爵士，而巴宾顿先生误饮毒酒了？"

查尔斯爵士摇摇头。

“只要了解托里的人，都不会在鸡尾酒里给他下毒。”

“为什么？”

“因为他从来不喝鸡尾酒。”

“从来不喝？”

“从来不喝。”

波洛露出烦躁的表情。

“啊，整件事全弄错了。说不通……”

“此外，”查尔斯爵士又说道，“我不明白怎样把两个人的杯子搞混，或者诸如此类的事情。坦普尔把它们都放在一个托盘上端出来，每个人都可以任意取用。”

“的确如此。”波洛喃喃道，“不能像强迫人出牌一样强迫人喝哪杯鸡尾酒。你家这位坦普尔是个什么样的人？她是今晚接待我的那个女仆吗？”

“没错。她来我家三四年了，干活一直很稳重，知道自己该做什么。我不知道她是从哪儿来的，米尔雷小姐都了解。”

“米尔雷小姐是你的秘书吗？那个高高的女士，有些魁梧，像个士兵？”

“非常魁梧。”查尔斯爵士同意道。

“我以前和你吃过很多次饭，但那晚之前我好像没见过她。”

“是的，她通常不和我们一起用餐。当晚有十三个人共同进餐的原因所以她才加入的。”

查尔斯爵士解释了当时的情况，波洛仔细听着。

“是她自己提出要与你们一起用餐的？我知道了。”

他陷入沉思，然后说道：

“我可以和你的客厅女仆谈谈吗？就是那位坦普尔。”

“当然可以，亲爱的朋友。”

查尔斯爵士按了按铃，对方马上有所回应。

“先生，您按铃了？”

坦普尔三十二三岁，个头高挑。她打扮得很精神，头发整洁，很有光泽，虽然并不漂亮，但举手投足显得镇定干练。

“波洛先生想问你几个问题。”查尔斯爵士说。

坦普尔将不卑不亢的目光转向波洛。

“我们在谈巴宾顿先生在这里去世当晚的事情。”波洛说，“你记得当晚的事情吗？”

“哦，先生，我记得。”

“我想知道鸡尾酒具体是怎样端给客人的。”

“我不明白您的意思，先生。”

“我想了解一下鸡尾酒的情况。是你调的吗？”

“不是的，先生，查尔斯爵士喜欢亲自调制。我将酒瓶拿进来，有苦艾酒、杜松子酒以及其他东西。”

“你把这些东西放在哪里？”

“那张桌子上，先生。”

她指向靠墙的一张桌子。

“托盘就在这里，上面放着酒杯，先生。查尔斯爵士调制并摇匀之后，将鸡尾酒倒在杯子里，然后我端着托盘四处转，把酒递给各位女士和先生们。”

“托盘里的酒都是你递出去的吗？”

“查尔斯爵士给利顿·戈尔小姐递了一杯，先生。他当时在跟戈尔小姐说话。他给自己也拿了一杯。还有萨特思韦特先生——”她看了萨特思韦特一眼，“他过来给一位女士取了杯酒。我想应该是威尔斯小姐。”

“没错。”萨特思韦特说。

“先生，其余都是我递的。每个人应该都拿了一杯，只有巴塞洛缪爵士没有喝。”

“坦普尔，能麻烦你重复当时的动作吗？咱们用垫子代替当时在场的人们。我记得自己站在这里，萨特克里夫小姐在这里。”

在萨特思韦特的帮助下，大家重现了当时的情景。萨特思韦特观察入微，清楚记得屋里每个人的位置。接着，坦普尔走了一圈。他们发现她从戴克斯太太开始，之后是萨特克里夫小姐和波洛，接着来到坐在一起的巴宾顿、玛丽夫人和萨特思韦特身边。

这与萨特思韦特的记忆一致。

最后，他们让坦普尔退下了。

“呸！”波洛大声嚷道，“说不通。坦普尔是最后接触鸡尾酒的人，但她没法动手脚。而且，我还是那句话，你不能指定一个人取用某一杯鸡尾酒。”

“人会不自觉地拿距离自己最近的一杯。”查尔斯爵士说。

“或许可以将托盘先递给受害人，但即便如此，也有很大的不确定性。杯子放得很密，与受害人的距离都差不多，没有哪个特别近。不不，凶手不会采用这么不保险的手法。萨特思韦特先生，请问巴宾顿把鸡尾酒放下了吗，还是一直拿在手里？”

“他将鸡尾酒放在了这张桌子上。”

“他放下之后，有人靠近过这张桌子吗？”

“没有。我是离他最近的人。我或许可以暗地里对他的杯子做手脚，但我发誓自己没这样做。”

萨特思韦特口气生硬，波洛赶忙道歉。

“不不，我不是在怀疑你，怎么可能！但我想对事实进行再三确认。化验显示，鸡尾酒中没有残留任何异样的物质；排除化验，根据现有条件看，似乎也不可能有东西放进去。两种方法推测出了同样的结论。然而，巴宾顿先生没有吃别的东西，也没有喝别的饮料，如果他是尼古丁中毒身亡，毒发会非常快。这表示什么？”

“什么也不表示，该死。”查尔斯爵士说。

“不是的，我不这样认为。这表示，或许有一种非常可怕的情况，但我希望不是真的，也相信不会是真的。不，当然不会是真的。巴塞洛缪爵士的死亡证明了……然而……”

他皱起眉头，陷入沉思。其他人好奇地看着他。他抬起头来。

“你们明白我的意思，对吧？案发时巴宾顿太太不在梅尔福特庄园，因此她没有受到怀疑。”

“巴宾顿太太……但从来没人想过要怀疑到她头上。”

波洛宽和地笑了笑。

“没怀疑过吗？那还挺奇怪的。我马上就产生了这个想法，但也只是想过一瞬间。如果那位可怜的老先生不是被鸡尾酒毒死的，那他进屋之前几分钟肯定已经中毒了。如何下毒的呢？一粒胶囊？或许类似的东西吧，延缓吸收。但这样一来，谁能动手脚呢？只有妻子可以。谁又可能有动机，而外人却无从怀疑呢？还是妻子。”

“但他们非常恩爱，”蛋蛋心中燃起怒火，大声呵斥道，“你一点都不明白。”

波洛对她露出和蔼的微笑。

“我的确不明白。这一点很重要。你知道，但我却不知道，因此我可以不带任何先入为主的见解，不偏不倚地看待所有线索。我还要告诉你，小姐，在我以往的生涯中，我遇到过五起杀妻的案件，这些丈夫都深爱妻子，还有二十二起丈夫被妻子杀害的案件，而这些妻子也是深爱丈夫的。女人啊，她们显然在外人面前更善于伪装。”

“你太可怕了，”蛋蛋说，“我知道巴宾顿一家不是那样的人。这种猜测真是……真是令人厌恶！”

“小姐，凶杀才令人厌恶。”波洛说。他的口气突然强硬起来。

接着，他又放软声调，继续道：

“虽然我眼里只有事实，但我也认为，巴宾顿太太没有这样做。她当时没在梅尔福特庄园，不是她。正如查尔斯爵士说过的，两起案件都在场的人才有嫌疑，凶手在你们那份七人名单之中。”

屋里一阵沉默。

“你建议我们接下来做什么？”萨特思韦特问道。

“你们应该已经有计划了吧？”波洛说。

查尔斯爵士清了清嗓子。

“唯一可行的应该是排除法。”他说，“我的想法是，将名单上的每个人都视为有罪，反证他们无罪。我是说，我们自己得先认为此人和斯蒂芬·巴宾顿之间有某种联系，并全力找出这个联系。如果我们发现二人之间毫无纠葛，就继续调查下一个人。”

“思路不错。”波洛赞同道，“方法呢？”

“我们暂时还没有讨论。希望你能提出一些建议，波洛先生。或许你自己……”

波洛举起一只手。

“朋友，别让我主动做任何事。我向来认为，解决问题的最好方法就是动脑。这应该叫作旁观监控吧，我想。请让我保持这种状态。你们可以继续自己的调查，查尔斯爵士引领得非常出色……”

“那我呢？”萨特思韦特暗自想道，“这些演员啊！总是在聚光灯下扮演主角！”

“或许你们会时不时地需要所谓的顾问意见。我，就是顾问。”

他微笑着转向蛋蛋。

“你觉得这样合理吗，小姐？”

“非常棒，”蛋蛋说，“你的经验一定会非常有用的。”

蛋蛋看起来松了一口气。她瞥了一眼手表，发出一声惊呼。

“我得回家了。妈妈会担心死的。”

“我开车送你回去。”查尔斯爵士说。

他们双双走了出去。

第五章　分工

“看到没，鱼上钩了。”赫尔克里·波洛说。

萨特思韦特目送那两人出门，一直盯着二人身后关上的房门。他收回目光，转向波洛，吓了一跳。波洛正微笑着，脸上带有一丝戏谑之意。

“是啊，是啊，不用否认。那天在蒙特卡洛，你故意向我放出了诱饵。不是这样吗？你给我看了报纸上的那篇文章，希望它能勾起我的兴趣，让我也参与这件事。”

“的确是。”萨特思韦特承认道，“但我当时以为自己失败了。”

“不不，你没有失败。朋友，你对人性的判断非常精准。我正觉得无聊至极，用当时咱们身边玩耍的那个孩子的话说，我‘没事做’。你来得正是时候，我正处在那种心理状态。说到这个，多少罪案也取决于心理状态啊。罪案和心理活动总是相伴相生。言归正传，这起案件手法精妙，很有意思，让我非常困惑。”

“是哪起呢，第一起还是第二起？”

“只有一起案件。你所谓第一起和第二起，只是同一起案件的两部分。第二部分很简单，无论是动机还是方法——”

萨特思韦特打断他的话。

“两次谋杀的作案手法应该都有同样的难度。酒里都没验出毒，每个人都吃了食物。”

“不对，两次手法很不同。在第一起凶案中，似乎没人有办法给斯蒂芬·巴宾顿下毒。查尔斯爵士如果有意，可以毒死他的其中一位客人，却无法针对性地给哪位下毒。坦普尔或许可以偷偷把什么东西倒进托盘上的最后一杯酒里，但巴宾顿喝的不是最后一杯。不，谋杀巴宾顿几无可能，而且我依然觉得这也许的确不是谋杀，他仅仅是正常死亡……不过，我们不久之后就会知道答案。第二起凶案则不同，任何在场的客人，或者管家、客厅女仆，都可以给巴塞洛缪·斯特里兰奇下毒，轻而易举。”

“我想不通——”萨特思韦特开口。

波洛打断他，继续说道：

“稍后我会做个小实验，向你证明这一点。咱们继续说下一点，这也是最关键的一点——我绝对不能成为扫兴的人，这十分重要。你懂的，而且我知道你会懂的，因为你有一颗敏感多情的心。”

“你是说——”笑容逐渐爬上萨特思韦特的脸。

“查尔斯爵士必须扮演最主要的角色！他习惯如此。而且，某个人也希望他成为中心。我说的不对吗？我参与调查这起案件，就已经让小姐十分不快了。”

“波洛先生，你完全就是所谓‘领悟力很强’的人。”

“啊，这个嘛，显而易见！我是个容易受打动的人，希望能促成一段良缘，而不是阻碍它发展。朋友，为了查尔斯·卡特莱特的荣耀，咱们两个必须通力合作。难道不是这样吗？等案子一结束——”

“‘如果’——”萨特思韦特保守地说。

"'等案子一结束!'我不允许自己失败。"

"从来没有失败过?"萨特思韦特探问道。

"有那么几次,"波洛不肯低头,"在某个短暂的时期内,我是你所谓'领悟力很差'的人。我发现真相的速度没有那么快。"

"但你完全没有失败过吗?"

萨特思韦特之所以追根究底,纯粹是出于好奇。他想知道……

"好吧,"波洛说,"就一次。很久以前,在比利时。我们别说这个了……"

萨特思韦特的好奇心(和恶趣味)得到了满足,于是顺着台阶改变了话题。

"就这样吧。你刚刚说,等案子一结束——"

"查尔斯爵士会结束这个案子的。这是关键。我只要从旁扮演好助力者的角色,"他摊开双手,"时不时这里那里点拨两句,两句就好,只给提示,绝不多言。我不求声名加冕,我已经功成名就了。"

萨特思韦特饶有兴味地分析他这个人。这个小个子男人无知且狂妄,无比自大,让他暗暗发笑。但是,他却不会妄下断言,认为这个男人仅仅是自吹自擂。英国人通常对自己做得好的事很是谦虚,有时对自己做得差的事反而很得意,但拉丁人[1]往往对自己的能力展现出更真实的欣赏之情。若是他很聪明,他便没有理由掩盖这一点。

"我想知道,"萨特思韦特说,"我十分好奇,你自己又希望

①拉丁人:原指古意大利中部拉丁姆地区的古代民族,现在泛指受拉丁语和罗马文化影响较深的操印欧语系–罗曼语族的民族,包括意大利人、法兰西人、西班牙人等。此处暗指波洛,其母语为法语。

从这件事中得到什么呢？你追我赶的刺激感？”

波洛摇摇头。

“不，不，不是那个。的确不错，我像猎犬一样，嗅到踪迹后便兴奋不已，而一旦发现踪迹，就无法自拔，一心只想找出猎物。但事实不仅如此……我还有种，怎么说呢，有种追寻真相的激情。世上再没什么能像真相一样奇特、迷人又美丽……”

波洛语毕，二人一阵沉默。

接着，波洛拿起萨特思韦特小心抄写的七人名单，大声读出来。

“戴克斯太太，戴克斯船长，威尔斯小姐，萨特克里夫小姐，玛丽·利顿·戈尔夫人，利顿·戈尔小姐，奥利弗·曼德斯。”

“是啊，”他说，“真是引人深思，对不对？”

“有什么引人深思的？”

“名字出现的顺序。”

“我不觉得有什么可让人深思的。我们只是任意写下了这些名字，没什么特别的顺序。”

“没错。这份名单的第一个是戴克斯太太。我推想，你们认为她犯案的可能性最大。”

“不是可能性最大，”萨特思韦特说，“而是不可能性最小。换个说法更好。”

“还有一种说法，能表达得再好一些。或许你们最希望是她犯的案。”

萨特思韦特急忙想开口，却正对上波洛那灼灼的绿色目光，那目光中有些嘲弄，可并无恶意。萨特思韦特话到嘴边，又改了口。

“我想，波洛先生，你或许是对的。我们可能不自觉地有这种想法。”

“我想问你几个问题，萨特思韦特先生。”

“当然，当然可以。”萨特思韦特恳切地回答。

“从你告诉我的情况来看，查尔斯爵士和利顿·戈尔小姐是一同去拜访巴宾顿太太，并与她面谈的。”

“是的。”

“你没有跟他们一起去？”

“没有。三个人就太多了。”

波洛微微一笑。

“那么，或许你的意向也让你走到别处。你‘另有贵干’。你去哪儿了，萨特思韦特先生？”

“我去同玛丽·利顿·戈尔夫人喝茶了。”萨特思韦特语气生硬。

“你们聊了些什么？”

“她人很好，向我倾吐了一些她早年婚姻生涯的磨难。”

他复述了玛丽夫人所讲的主要内容，波洛同情地点着头。

“生活确实如此。一个单纯的年轻姑娘嫁给了一个负心汉，却不听任何人的劝告。不过，你们没有谈起别的吗，比如奥利弗·曼德斯先生？”

“事实上，我们谈到了。”

“那么你对他又了解了……多少？”

萨特思韦特重复了玛丽夫人的话。接着，他说：

“你为什么觉得我们会谈到他？”

“因为你去那儿就是为了这个。哦，是的，你不用辩解。你也许希望戴克斯太太或者她的丈夫是凶手，但你认为小曼德斯才是真凶。”

他又打断了萨特思韦特的抗辩。

“是的，就是这样，你本性并不张扬。你有自己的想法，却不喜欢同别人分享。我理解你。我自己也是这样……”

“怀疑他是凶手很荒谬，我并不怀疑他。不过，我就是想再深入了解他一些。”

“这就是我说的意思。他是你本能的选择。我自己也对那个小伙子很感兴趣。那天晚上在这里参加聚会时，我就对他产生了兴趣，因为我看见——”

“你看见了什么？”萨特思韦特急切地问。

“我看见，至少两个人，或许不止，当晚是在故意表演给别人看。一位是查尔斯爵士，”波洛微微一笑，“他扮演了一位海军军官，我说得对吧？那无可厚非。伟大的演员不会在离开舞台后就停止表演。但是，小曼德斯也在表演。他扮演的是一个无聊烦闷、厌倦世事的年轻人，但在生活中，他既不无聊烦闷，也不厌倦世事，而是非常活跃开朗。因此，朋友，我注意到了他。”

“你怎么知道我一直对他很好奇？”

“很多小细节。那晚他因为一场意外临时来到梅尔福特庄园，你对这场意外表现得很感兴趣。你没有跟查尔斯爵士和利顿·戈尔小姐一同去拜访巴宾顿太太。为什么呢？因为你想沿着自己的一些思路去调查，不希望被人察觉。你去玛丽夫人那里，想要打听某个人的情况。是谁呢？只能是本地的某个人。那就是奥利弗·曼德斯。还有，最突出的表现是，你将他的名字放在名单的末尾。在你心中，谁的嫌疑最小呢？玛丽夫人和蛋蛋小姐。但是，你把他的名字放在那两人的后面，因为他是你掩藏在内心深处的疑犯，你想把他留给自己调查。”

“我的天，”萨特思韦特说，“我真是这种人吗？”

“一丝不差。你的判断很精准，观察细致入微，而且喜欢将结论隐藏起来，不予人知。你对人们的看法，是你自己的私人收藏；你不会将藏品公之于众，让大家都来欣赏。”

“我相信确实如此。”萨特思韦特开口道。但还未等他继续，查尔斯爵士回来了。

演员走进房间，步伐欢快，充满活力。

“哦——！”他说，“今天晚上风真大。”

他给自己倒了一杯威士忌和苏打水。

萨特思韦特和波洛都表示不需要。

“那么，”查尔斯爵士说，“咱们给接下来的行动做个计划吧。萨特思韦特，那份名单在哪里？啊，谢谢。波洛先生，我们现在需要顾问的建议，请吧。我们的基础调查工作应该如何分工？”

“你有什么想法吗，查尔斯爵士？”

“嗯，我们可以把名单上这些人分派给大家，分工合作，对吧？首先是戴克斯太太。蛋蛋似乎很愿意负责调查她。蛋蛋好像认为，像戴克斯太太这样精心打扮出席聚会的人，如果只由男性负责调查她，必定无法做到不偏不倚。最好是从专业的角度去接近她。如果可行，我和萨特思韦特也会从另一个角度去调查。然后是戴克斯先生。我认识他的几个赛马朋友，可以从这方面做些调查。接下来是安吉拉·萨特克里夫。”

“那似乎也应该由你来负责，卡特莱特。”萨特思韦特说，“你跟她很熟，不是吗？”

“没错，所以我更愿意其他人去负责她……第一，”他遗憾地微笑着，“别人会指责我没有全力调查；第二，嗯，她是我的朋友，你们懂吧？”

“情理之中，情理之中，你自然是感到很难办。完全理解。

体贴的萨特思韦特先生会替你负责她。”

“玛丽夫人和蛋蛋，她们两个当然不算。小曼德斯呢？托里出事当晚，他的出现是个意外。不过，我还是认为他有嫌疑。”

“萨特思韦特会负责小曼德斯。”波洛说，“但我想，你漏掉了名单上的一个人，查尔斯爵士。你略过了穆丽尔·威尔斯小姐。”

“对了，是的。既然萨特思韦特负责曼德斯，就由我来负责威尔斯小姐吧。这样可以了吧？波洛先生，有什么建议吗？”

“不，不，我想没有。我很想听听你们的调查结果。”

“当然，这不用说。我还有个想法：如果我们能获得这些人的相片，就能在吉尔林的调查中用上。”

“非常好。”波洛赞同道，“有件事，啊，对了，你的朋友巴塞洛缪爵士不喝鸡尾酒，却喝波尔多红酒，是吗？”

“是的，他非常爱喝波尔多。”

“我很奇怪，他居然没喝出什么异常的味道。纯尼古丁的味道辛辣刺鼻，非常难喝。”

“你们得记住，”查尔斯爵士说，“红酒里可能一点尼古丁都没有。杯子里的东西被送去检验了，记得吗？”

“啊，是的，我犯傻了。不过，无论方法如何，尼古丁的味道确实难以入口。”

“我没想过这个问题有什么要紧。”查尔斯爵士缓缓开口，“托里今年春天患了严重的流感，之后他的味觉和嗅觉就不太灵敏了。”

“啊，这样。”波洛若有所思地说，“也许可以解释我的疑惑。这让事情变得简单很多。”

查尔斯爵士走到窗边，看了看外面。

“外面还在刮大风。波洛先生，我派人去取你的行李吧。对充满激情的艺术家来说，玫瑰皇冠旅店的确不错，但我想你应该更愿意住在卫生条件好些的地方，还需要一张舒服的床。”

“你真是太周到了，查尔斯爵士。”

“客气。我这就去安排。”

他离开了房间。

波洛看向萨特思韦特。

“我想提个建议。”

“什么？”

波洛探出身子，低声说：

“问问小曼德斯，他为什么伪造了一场意外。告诉他，警察盯上他了，看他怎么回答。”

第六章 辛西娅·戴克斯

黄琥珀公司的店面布置得清新纯净。店里的墙面是米白色，厚厚的绒毛地毯浅得近乎白色，整体的装饰都是如此；镀铬饰物四处闪闪发亮；一幅巨型画作挂在墙上，上面画着亮蓝色和鲜黄色的几何图案。这间屋子由西德尼·桑德福德先生设计，他是时下刚刚崭露头角的年轻设计师。

蛋蛋·利顿·戈尔坐在一把外形现代时尚的扶手椅上，让人隐约想到牙科病人的椅子。她正看着一群精致时髦、身段婀娜的年轻女模特在她面前走来走去，每个人都长着一张了无生气的美丽脸庞。蛋蛋全力表现出一副五六十英镑买件裙子只是小菜一碟的样子。

戴克斯太太与往常一样拿腔作调，（用蛋蛋的话说）正故意卖弄着。

“喏，你喜欢这个吗？这些肩饰很有意思，对吧？腰线也很明显。不过，我不应该用朱红色，应该用最近流行的颜色，西班牙红，非常具有穿透力，有点像芥末黄，又掺杂了些辣椒红。你觉得酒红色如何？很可笑，是不是？惹人注目又滑稽怪异。现在的衣服，千万不能太严肃正式。”

“这很难选。”蛋蛋说，“你瞧，”她变得自信满满，“我以前从来买不起什么像样的衣服，我们一直过得很拮据。我记得，你那晚在鸦巢真是艳光四射，我当时就想，‘我现在手头有些钱了，就应该去找戴克斯太太，请她给我一些建议。’那晚我对你心生许多钦佩羡慕。”

“亲爱的，你真是太会说话了。我很喜欢给年轻姑娘打扮。女孩子不应该看起来很青涩，这点很重要，希望你明白我的意思。”

“你可一点不青涩，”蛋蛋毫不领情，暗自想道，“完全熟过头了。”

“你很有个性，”戴克斯太太继续道，“所以不能穿得太普通。你的衣着要简约又具有穿透力，刚刚好能让人注意到你，又不能太夸张，明白吗？想要几件衣服吗？”

“我想要四件晚宴礼服，还有几件常服，再来一两身运动装什么的。”

戴克斯太太本就甜美亲切，这下变得更殷勤了。幸亏她不知道，此时蛋蛋的账户余额仅有十五英镑又十二先令，她得用这笔钱撑到十二月份。

蛋蛋面前又渐次走过几位穿着礼服的姑娘。在谈衣服的间歇，蛋蛋随口提起其他事情。

“那之后你应该没再去过鸦巢吧？”她说。

“没有。亲爱的，我不会去了。那里太让人不舒服了。而且，我一直都觉得康沃尔那里过于演员气了……我简直受不了演员。他们的身材都很奇怪。”

“这件事非常让人震惊，是吧？”蛋蛋说，“而且，老巴宾顿先生广受爱戴。”

“我猜，他应该算得上是一代人的典型形象。”戴克斯太太说。

“你以前在哪里见过他吗？”

“那位老先生？我见过吗？我不记得了。”

“我记得他好像说见过。”蛋蛋说，“不过，不是在康沃尔见的，应该是在一个叫吉尔林的地方。”

“是吗？”戴克斯太太的眼神有些茫然，“不，玛赛尔，我想要的是小小丑闻的感觉——那个叫詹妮的模特，之后是穿蓝色的帕图[1]。”

“巴塞洛缪爵士被害，中毒身亡，是不是引起很大轰动？”蛋蛋说。

“亲爱的，这事真是太有魔力了！我从中获利不少。各种烦人的女人出于猎奇心理，都到我这儿来跟我订礼服。喏，这个叫帕图的模特身上的衣服很适合你。瞧瞧，这没用又夸张的荷叶边给整件衣服增色不少。散发青春活力，不会拖沓老气。没错，可怜的巴塞洛缪爵士死了，对我来说简直是天赐良机。我或许有一丝渺茫的机会可以杀了他。我主动迎合了这种猜想。身材滚圆的女人来我店里，毫不掩饰地瞪眼看我。太有魔力了。而且，你瞧——”

然而，一位重要的美国客人出现，打断了她的话。显然，那位客人极受重视。

美国人向他们交代了一大堆要求，听上去像是一笔大单子。趁此机会，蛋蛋告诉接手自己的年轻姑娘，她会再考虑一下，以后决定买哪些衣服，然后悄悄离开店里。

蛋蛋走上布鲁顿街，瞧了一眼手表。差二十分钟一点。要不

①此处戴克斯太太在和女孩们谈论衣服。

了多久，她就可以实施自己的第二个计划了。

她继续走到伯克利广场，又慢慢走回来。到了一点钟，她把脸贴上一扇橱窗，里面展示着中国艺术品。

多丽丝·辛姆斯小姐快步走上布鲁顿街，转身往伯克利广场的方向走去。还没走到广场，她身边响起了一个声音。

“不好意思，”蛋蛋说，“可以占用你一分钟吗？”

女孩惊讶地转过身。

“你是黄琥珀公司的一名模特，对吧？我今天上午看到你的。请见谅，不过我觉得你的身材很好，是我见过的最好的身材。”

多丽丝·辛姆斯对这话并不恼怒，只是有些迷惑不解。

“你真是太好了，非常感谢你，小姐。”她说。

“你看起来也非常好，”蛋蛋说，“所以，我才想请你帮个忙。我能否邀请你到伯克利或者丽思酒店，和我一起用个午餐，我把事情详细告诉你？”

多丽丝·辛姆斯略作迟疑，同意了。她心存好奇，而且也愿意吃些好的。

二人在饭店就座，点好菜后，蛋蛋就开始解释。

“我希望你能保密，不告诉任何人。”她说，“我手上的工作，就是描述女性的各种职业，把它们都记录下来。我希望你能跟我好好讲讲服装制作行业的方方面面。”

多丽丝看起来有些失望，但她还是欣然同意，坦诚地说出自己工作的上班时长、薪酬水平、工作利弊等。蛋蛋将细节都记在一个小笔记本上。

“真是太感谢你了。”她说，“我毫无专业知识，这些内容都是第一次接触。我生活得很拮据，这次采访记录工作能帮我很大忙。”

她又表现出一副交心的样子继续说：

“要走进黄琥珀的店里，我真得鼓起十足的勇气，假装自己能买得起你们展示的许多衣服。说真的，我只有几英镑可以买衣服，还得撑到圣诞节。戴克斯太太要是知道了，估计得大为光火。”

多丽丝咯咯笑起来。

“我估计她会的。”

“我当时表现得还可以吧？”蛋蛋问道，“我看着像有钱人吧？”

“你表现得非常好，利顿 · 戈尔小姐。夫人以为你要买很多东西呢。”

“恐怕她要失望了。”蛋蛋说。

多丽丝又笑起来。这顿午餐很合她的胃口，她也很喜欢蛋蛋这个人。“她或许是个社交场上的姑娘，”她暗自想道，“但她并不摆架子，反而非常亲切自然。”

二人之间的氛围愉悦融洽起来，随后蛋蛋便毫无困难地把话题引向对方的雇主，多丽丝也开始侃侃而谈。

“我一直觉得，”蛋蛋说，“戴克斯太太像是个可怕的女人。是这样吗？”

“我们都不喜欢她，利顿 · 戈尔小姐。事实如此。当然，她还是很聪明的，很有生意头脑，不像有的社交场上的女士，做起制衣生意，结果朋友们只拿衣服不给钱，最后都赔光了。夫人铁石心肠，不谈感情——不过，我认为她确实漂亮，而且品位不错。她眼光独到，善于给人们搭配适合他们的风格。”

“她应该能赚很多钱吧？”

多丽丝眼里闪现一丝了然于胸的奇怪神情。

“这件事轮不上我说什么，我也不该多嘴。”

“没错。”蛋蛋说，“接着说。”

“但是，如果你非要问我的话——公司现在濒临破产。有个犹太先生来见过夫人，此外还有一两件事，我认为，她一直靠贷款维持公司运转，指望公司哪天能起死回生。我还认为，她已经深深陷入困境了。利顿·戈尔小姐，我不骗你，她有时样子很憔悴。非常绝望又急切。不知道她卸妆之后是什么样子。我觉得她晚上肯定睡不着觉。”

“她丈夫是个什么样的人？”

“是个怪人。要我说，不是什么好人。我们不怎么能见到他。虽然别的姑娘不同意我的观点，但我认为，她还是非常爱她丈夫的。自然，有一些不好的传言满天飞——”

“比如？”蛋蛋问。

“哎，我不喜欢嚼舌根。从来不是那种人。”

“当然。继续，你刚才说……？”

“哦，姑娘们聊过很多闲话。有个年轻人，人傻钱多。不完全是那种蠢笨，希望你能明白我的意思，而是介于两者之间。夫人跟他走得很近，把所有赌注都放在他身上了。他或许可以帮她脱离困境，因为他足够傻，什么事都能做出来。但是，他后来遵照别人的叮嘱，出海去了，非常突然。”

“遵照谁的叮嘱——医生的吗？”

“是的，哈利街上的某个人。我现在认为，他就是那个在约克郡被害身亡的医生，他们说他是被人下毒了。”

“巴塞洛缪·斯特里兰奇爵士？”

“就是他。夫人出席了那场家庭宴会。我们这些姑娘私下里讨论，只是开玩笑胡乱说，嗯，夫人可能杀害了他，为了报复！

当然，只是随口说着玩的……”

“自然是的。”蛋蛋说，“女孩子们瞎说八道。我很理解。你知道吗，戴克斯太太完全是我心中杀人凶手的样子，铁石心肠，冷酷无情。”

“她心肠真的很硬，而且脾气非常不好！她发火的时候，我们都不敢接近她。他们说，她丈夫很怕她，这也难怪。”

“你们听她提起过一个叫巴宾顿的人吗，或者肯特郡一个叫吉尔林的地方？”

“老实说，我现在想不起来自己听到过。”

多丽丝看了一眼手表，发出一声惊呼。

“哦，天哪，我得赶紧走了。我要迟到了。”

“再见，非常感谢你受邀过来。”

“非常荣幸。再见，利顿·戈尔小姐，希望文章面世后能获得成功。我很期待。”

“你的期待要落空了，姑娘。”蛋蛋暗想，一边要来账单。

随后，她一笔勾掉刚才为所谓文章做的假速记，在小本子上写道：

> “辛西娅·戴克斯。可能身陷财务困境。他人描述‘脾气非常不好’。传言与年轻（有钱）男性关系暧昧，男人后来遵照巴塞洛缪·斯特里兰奇的医嘱，出海航行。提到吉尔林，或巴宾顿认识她，都没有特别反应。”

“有价值的信息不多呀。”蛋蛋自语道，“有杀害巴塞洛缪爵士的可能动机，但非常单薄。波洛先生或许能从中得出什么结论。我看不出什么。”

第七章　戴克斯船长

蛋蛋全天的行动计划还没结束。她下一站要去圣约翰公寓，戴克斯夫妇在那儿有间房子。圣约翰是一栋新建的公寓，楼里的房子价格昂贵。楼上是精致华美的花窗，公寓里还有穿着华丽制服的门房服务生，像外国将军似的。

蛋蛋没有走进大楼，而是在街对面游荡徘徊。就这样过了一小时，她觉得自己肯定走了好几英里了。已经五点半了。

一辆出租车开到楼前，戴克斯船长从车上下来。蛋蛋缓了三分钟，然后穿过马路，走进大楼。

她按了按三号的门铃。戴克斯亲自开的门，他还在脱外套。

“哦，”蛋蛋说，“你好。还记得我吧？咱们在康沃尔见过，还在约克郡见过。”

“当然，当然。两次凶杀案咱们都在场，对吧？请进，利顿·戈尔小姐。”

“我想见见你太太。她在家吗？”

“她在布鲁顿街那边，她的制衣店在那边。”

“我知道，我今天去那里了。我以为她现在应该已经回来了，而且或许不会介意我来这里，不过，嗯，我想我肯定多有叨扰……”

蛋蛋故作迟疑。

弗雷迪·戴克斯暗想：

“好看的小妞，不，真他妈是个漂亮姑娘。”

说出口的话却是：

“辛西娅六点以后才会回来。我刚从纽伯里[1] 回来，今天运气太差，就早点走了。去七十二俱乐部喝一杯吗？”

蛋蛋欣然同意。不过，她深深怀疑戴克斯已经喝了很多酒，不应该再喝了。

他们来到七十二俱乐部地下，灯光昏暗。蛋蛋坐下，小口喝着马蒂尼，说：“这里挺有意思，我从没来过。”

弗雷迪·戴克斯迁就宠溺地笑了笑。他喜欢年轻漂亮的姑娘，或许比不上他喜欢的其他一些东西，但还是很喜欢。

“真让人心烦不安，是吧？”他说，“我是指在约克郡的时候。一位医生，却被下毒杀害了，不免引人发笑——你明白我的意思吧，事情正好反过来了。一般来说，医生才是给别人下毒的人。”

他对自己的言论哈哈大笑起来，又点了一杯红杜松子酒。

“真是聪明机智，”蛋蛋说，“我从来没有想过这点。”

“只是开个玩笑。”弗雷迪·戴克斯说。

“真奇怪呀，”蛋蛋说，“咱们碰见的时候，每次都有人死掉。”

“是有点。”戴克斯船长也同意道，“你说的是那个老牧师吗，在那个谁，那个演员家里？”

“对。他就那么突然死了，真是蹊跷。”

---

①纽伯里：位于英格兰伯克郡，以赛马场而闻名。

“烦死人了。”戴克斯说，“到处都有人暴毙，让人有点胆战心惊的。你懂的，你会觉得‘下次该轮到我了’，浑身发冷。”

“你以前认识巴宾顿先生吗？在吉尔林。”

“没听过这个地方。不，我也从没见过那位老兄。有意思的是，他跟老斯特里兰奇暴毙的方式一模一样。这有点奇怪。不会也是被干掉的吧？”

“嗯，你是怎么想的呢？”

戴克斯摇摇头。

“应该不会。”他坚决地说，“没人会杀害牧师。医生就不一样了。”

“是啊。”蛋蛋说，“医生是不一样。”

“当然不一样，显而易见。医生都是好管事的恶魔。”他有些含混地说，接着探身向前，“就是不肯让人安生。明白吗？”

“不明白。”蛋蛋说。

“他们随意玩弄别人的生命，手上的权力太大了。不该让他们有这么大权力。”

“我还是不太明白你的意思。”

“亲爱的姑娘，我就跟你直说吧。我的意思是，把一个家伙关起来，扔进地狱。天哪，他们真的很残忍。把人关起来，不让他碰那些东西。不管你怎么乞求，他们就是不给你。你怎样水深火热，他们都毫不在意。这就是你的医生。我就明明白白告诉你了，而且我也知道，就是这么回事。”

他的脸痛苦地扭曲起来，微缩的瞳孔透过她盯着远方。

“告诉你，那就是地狱，地狱。他们还美其名曰治疗！假装自己在做什么高尚的事情。混蛋！”

“巴塞洛缪·斯特里兰奇爵士是不是……？”蛋蛋小心翼翼

地开口道。

他马上接过蛋蛋的话头。

“巴塞洛缪·斯特里兰奇爵士。爵士个鬼。我倒想知道，他那宝贝疗养院里都在干什么龌龊事。神经病人。他们口口声声这么说。你进去就出不来了。他们还说，你已经无法自主控制意愿了。自主意愿！就因为你犯瘾发病的时候，他们把你控制住。”

他浑身发抖，嘴角突然耷拉下来。

“我控制不住了，”他抱歉地说，“控制不住。”他叫来服务员，劝蛋蛋再来一杯。蛋蛋拒绝了，于是他给自己又点了杯酒。

“好多了。”他一口喝干，“我恢复精神了。神经崩溃真让人糟心。千万不能让辛西娅生气。她不让我说。”他点了一两下头，“把这些事情告诉警察没有意义，”他说，“他们会认为是我把老斯特里兰奇干掉的。嗯？你发现了吧，肯定是有人把他干掉了。咱们中间的一个杀了他。有点意思。是谁呢？这是个问题。”

“也许你知道是谁。”蛋蛋说。

“为什么这样说？我怎么会知道？”

他恼火地看着蛋蛋，露出怀疑的神情。

“跟你说吧，我什么都不知道。我才不要接受他那该死的‘治疗’。无论辛西娅说什么，我都不要接受治疗。他在谋划什么，他们两个，但他们骗不到我。”

他直起身来。

“我是个坚强的男人，利顿·戈尔小姐。”

“我相信。”蛋蛋说，“能和我说说，关于疗养院里的德·拉什布里奇太太，你都知道些什么？”

“拉什布里奇？拉什布里奇？老斯特里兰奇说过她的一些事情。是什么来着？想不起来了。”

他叹了口气，摇摇头。

“就是这样，记性差了。我还有敌人，很多敌人。他们现在可能正监视我呢。”

他不安地左顾右盼，然后从桌子上方探过身子，靠近蛋蛋。

“那天，那个女人在我房间里做什么？”

“什么女人？”

“那个兔子脸的女人。写剧本的。就在第二天，他死后第二天早上。我刚吃完早饭上来。她从我房里出来，从走廊尽头附着一层绒呢的门出去了，进到仆人的活动区。很不寻常，对吧？她为什么要进我房间？她想找什么？她究竟在四处打探什么？跟她有什么关系？”他又悄悄凑近些，“还是说，你觉得辛西娅说得对？”

“戴克斯太太说什么了？”

“说这是我想象的。说我‘出现了幻觉’。”他没把握地笑起来，“我的确时不时地有幻觉，会看到粉色老鼠、蛇等这些东西。但是，瞧见一个女人不同……我确实看见她了。那女人很奇怪。眼神让人讨厌。能直接看穿你。”

他靠回软软的椅背，好像要睡着了。

蛋蛋站起来。

“我得走了。非常感谢你，戴克斯船长。”

“不用谢。我的荣幸。非常荣幸……”

他的声音降下去。

“他昏过去之前我得赶紧走。”蛋蛋想道。

她逃离七十二俱乐部的缭绕雾气，重新来到凉爽清新的傍晚空气中。

女仆贝阿特丽丝曾说，威尔斯小姐四处窥探。这个说法又从弗雷迪·戴克斯之口说出。威尔斯小姐究竟在找什么？她又找到了什么？威尔斯小姐是不是知道什么事情？

这一团乱麻中，巴塞洛缪·斯特里兰奇爵士有什么秘密？弗雷迪·戴克斯是不是暗中对他又怕又恨？

很有可能。

然而，虽有万般头绪，在巴宾顿的案子上，凶手却没有显露出丝毫嫌疑。

“若是最终发现他不是被谋杀的，就太奇怪了。”蛋蛋自语道。

这时，她突然呼吸急促起来。就在几英尺外，她瞥到一个报纸标题：

“康沃尔郡开棺验尸——检验结果”

她急忙掏出一枚硬币，抓走一份报纸，结果撞到了另一位也在买报纸的女士。蛋蛋赶忙道歉，却发现是查尔斯爵士的秘书，那位雷厉风行的米尔雷小姐。

二人肩并肩站着，都在找手上的最新消息。啊，就在那里。

“康沃尔郡开棺验尸结果”

标题的字眼跳到蛋蛋眼前。器官的化验分析……尼古丁……

“所以他就是被谋杀的。”蛋蛋说。

“哦，天哪。”米尔雷小姐说，“太可怕了……可怕……”

她情绪激动，粗犷的面容扭曲起来。蛋蛋惊讶地看着她。在蛋蛋眼中，米尔雷小姐向来是不近人情的。

“看到消息我很难过，”米尔雷小姐解释道，“毕竟我从生下来就认识他了。”

“巴宾顿先生吗？”

“没错。我妈妈住在吉尔林，他曾是那里的教区牧师。我当然会很难过。”

“哦，这是自然。”

“老实讲，”米尔雷小姐又说，“我不知道该怎么办。”

在蛋蛋震惊的注视下，她的脸微微涨红。

“我要写信给巴宾顿太太。”她赶忙说道，“不过，这不太，嗯，不太……我不知道怎样做才比较妥帖。”

不知怎么，在蛋蛋听来，这个解释有些牵强。

第八章　安吉拉·萨特克里夫

“那么，你现在是朋友还是侦探？我得心里有数。”

萨特克里夫小姐忽闪着眼睛说，眼神里充满讥讽。她坐在一张高背椅上，灰色的头发打理成精致的发型，一条腿跷着。萨特思韦特不禁欣赏起她无可挑剔的着履美足和纤细脚踝。萨特克里夫小姐非常迷人，主要是因为她对多数事情都满不在乎。

“有必要吗？”萨特思韦特问。

“尊敬的先生，当然有必要。你来是因为法国人称赞我眼眸如水，要欣赏一下吗？还是说，你这个混账男人，只想打探凶案？”

“你还会不相信是前一个吗？”萨特思韦特微微欠身说。

“我会不相信，也确实不相信。”女演员兴致勃勃，“你是那种看上去温文尔雅，却浑身沾满血腥气的人。”

“不，不是的。”

“是的，是的。只有一件，我判断不好——将我视为嫌疑人之一，到底是对我的侮辱，还是赞赏。总体上看，我觉得是赞赏。”

她稍稍歪着头，露出懒洋洋的笑容。这笑容能让人神魂颠倒，她从未失手。

萨特思韦特心里暗想：

“迷人的女人。”

表面上他却开口说：“尊敬的女士，我承认巴塞洛缪·斯特里兰奇爵士之死引起了我很大兴趣。你或许知道，我以前掺和过这种事……”

他谦逊地顿了顿，可能期望萨特克里夫小姐表现出听说过的样子。结果，她只是问道：

“跟我说说，那个女孩说了什么吗？”

“哪个女孩，她说了什么？”

“叫利顿·戈尔的女孩。被查尔斯迷住了的女孩。查尔斯太卑鄙了——他会主动勾引她的！那姑娘觉得康沃尔的和蔼老头也是被谋杀的。”

“你觉得呢？”

“嗯，那件事也是同样的情况……那个女孩非常聪明。告诉我吧，查尔斯是认真的吗？”

“我觉得，你对这件事的看法，比我的有价值得多。”萨特思韦特说。

“你太谨慎了，真是无聊。”萨特克里夫小姐叫道，“而我现在啊——”她叹了口气，“就是太轻率了……”

她扫了萨特思韦特一眼。

“我很了解查尔斯。我很了解男人。在我看来，一切迹象都显示他想要安定下来。他周身散发着美德的光芒。在有生之年，他会主动递送餐盘，还要建立家庭——这是我的观点。男人一旦想安定下来，就会变得格外无趣，失掉所有魅力。”

“我一直很纳闷，查尔斯爵士为什么从未结婚。”萨特思韦特说。

"亲爱的，他从没表现得想要结婚。他不是居家过日子的类型。不过，他是一个充满魅力的男人……"她又叹了口气。她看向萨特思韦特，眼中散发些许光彩。"我和他曾经……哎，为什么要否认大家都知道的事情呢？那段感情让人身心愉悦……而且，我们还是关系最好的朋友。我想，这就是为什么那个叫利顿·戈尔的孩子见到我时总是凶巴巴的。她怀疑我还爱着查尔斯。我有吗？或许吧。但不管怎么说，我还没有像很多朋友那样，撰写自己的回忆录，详细交代自己所有的情感经历。你知道，我如果写了，那女孩不会高兴的。她会备受打击。现在的女孩都受不住打击。她妈妈则完全不会受打击。你没法打击到一个可爱的典型维多利亚人。他们说得很少，却总是做最坏的打算……"

萨特思韦特说了句话，让自己颇为满意：

"你觉得蛋蛋·利顿·戈尔不信任你，这我同意。"

萨特克里夫小姐皱起眉头。

"我不太确定自己是不是特别嫉妒她……我们女人真是可恶如猫，对不对？挠啊抓啊，喵喵大叫，呼噜呼噜……"

她大笑起来。

"查尔斯为什么不亲自来盘问我？我想，是美好的回忆太多了吧。他肯定认为我是凶手……我是凶手吗，萨特思韦特先生？你现在怎么想？"

她站起身，伸出一只手。

"所有阿拉伯的香料都不能叫这只小手变得香一点——"①

①该句为莎士比亚悲剧《麦克白》中，麦克白夫人所说的话。悲剧《麦克白》讲述了原本功勋卓著的将军麦克白，如何一步步变得冷酷恶毒，登上王位，最终又被推翻的故事。剧中麦克白夫人是深爱丈夫却又残忍毒辣的角色，她的引诱教唆促使了麦克白的堕落。

萨特克里夫小姐打断他的话。

“不，我不是麦克白夫人。喜剧才是我的菜。”

“而且缺乏动机。”萨特思韦特说。

“确实。我喜欢巴塞洛缪·斯特里兰奇，跟他是朋友。我没有理由除掉他。因为我们是朋友，所以我愿意主动配合，找出杀他的凶手。如果我能帮上什么忙，就跟我说。”

“萨特克里夫小姐，我想你应该没有看见或听见什么可能跟凶案有关系的事情吧？”

“我知道的都已经告诉警察了。你知道，留宿的客人都是当晚才到，结果第一个晚上他就死了。”

“管家呢？”

“我没怎么注意到他。”

“客人们有什么异常的举动吗？”

“没有。当然，那个男孩，他叫什么来着？曼德斯，非常意外地出现了。”

“巴塞洛缪·斯特里兰奇爵士显得很意外吗？”

“是，我想是的。我们入座用餐之前，他还跟我说，这件事有点蹊跷。他管那叫‘撞毁大门的新方法’，还说‘只是撞毁的不是我的大门，而是我的墙’。”

“巴塞洛缪爵士兴致不错？”

“兴致高昂！”

“你跟警察提到的密道是怎么回事？”

“我想它应该是从藏书室通往外面。巴塞洛缪爵士答应让我看看——不过，当然啦，后来这位可怜人死了。”

“怎么谈到这个话题的呢？”

“我们在聊他最近新购置的物件，一张胡桃木的古董写字台。

我问它有没有暗格，我说自己非常喜欢暗格，这是我不与人说的小癖好。于是他就说：‘不，就他所知，这张写字台没有暗格，不过他房子里有个密道。’”

“他有没有提到过自己的一位病人，名字叫德·拉什布里奇太太？”

“没有。”

“你知道肯特郡一个叫吉尔林的地方吗？”

“吉尔林？吉尔林。没有，我没听过。怎么了？”

“嗯，你以前认识巴宾顿先生的，对吧？”

“谁是巴宾顿先生？”

“在鸦巢去世，或者说被害的人。”

“哦，那位牧师。我已经忘记他的名字了。不，我之前从没见过他。谁跟你说我认识他？”

“知道这件事的人。”萨特思韦特随口回答。

萨特克里夫小姐看起来有点想笑。

“亲爱的老兄，他们是认为我跟他有情感纠葛吗？会吏总[①]有时很不规矩，是吗？所以，教区牧师也未尝不可。那个人穷困潦倒，是不是？但是，我必须澄清这位可怜人的记忆。我以前从未见过他。”

这句话出口，萨特思韦特便不得不罢休了。

①会吏总：（英国国教中）地位仅次于主教的牧师，职责是协助主教监督其他牧师。

第九章　穆丽尔·威尔斯

杜丁区的上卡斯卡特路五号，似乎与讽刺剧作家的身份十分不相称。查尔斯爵士被请进屋子，看到墙壁都是暗淡的浅棕色，顶部是一圈金链花装饰。窗帘是玫瑰色的天鹅绒，屋里摆着很多照片和瓷器小狗，电话被一位女士用荷叶裙娇羞地掩藏起来，周围还有很多小桌子，以及看起来很可疑的铜器，是从远东经伯明翰运来的。

威尔斯小姐悄无声息地走进来，查尔斯爵士没有听见动静。他正在端详躺在沙发上的一只丑角娃娃，它身体瘦长，显得很滑稽。威尔斯小姐尖细的声音响起："你好，查尔斯爵士。非常荣幸。"听到她说话，查尔斯爵士转过身。

威尔斯小姐穿着质地柔软的连身裤，衣服包裹着她瘦削的身体，显得有气无力的样子。她的长筒袜有些皱巴巴的，脚下穿着一双厚底漆皮便鞋。

查尔斯爵士与她握了握手，接过一支烟，坐在沙发上的丑角娃娃旁。威尔斯小姐坐在他对面。窗外的光线照射进来，洒在她的夹鼻眼镜上，闪着细碎的光。

"没想到你会到这儿来找我。"威尔斯小姐说，"我妈妈肯定会特别兴奋。她热爱戏剧，特别是浪漫爱情那种。你曾经在一出戏剧里饰演一位大学里的王子，她经常提起那部剧。她一般去看午后的日场演出，还会吃些巧克力——她就是那种人。她确实喜欢。"

"很荣幸。"查尔斯爵士说，"你不知道，被人记住有多美妙。公众的记忆太短暂了！"他感叹道。

"她见到你会激动死的。"威尔斯小姐说，"萨特克里夫小姐那天过来，妈妈见到她就很激动。"

"安吉拉来过？"

"是的。你知道，她要参演我的一部剧：《小狗大笑》。"

"当然，"查尔斯爵士说，"我看到消息了。剧名很有意思。"

"很高兴你这样认为。萨特克里夫小姐也很喜欢这个名字。它是种儿歌的现代变体——一大堆无意义的话，嗨嗒嗒嘀嘀和盘子勺子私奔[①] 的那首。当然，剧中所有情节都围绕萨特克里夫小姐的角色展开，里面每个人都任由她摆布。这就是出处。"

查尔斯爵士说：

"挺好。现在的世界就像一首混乱不清的儿歌。小狗因为看到这种情景，便大笑起来，是吗？"这时，他突然冒出一个念头："显然，这个女人就是'小狗'。她旁观事态发展，大笑不已。"

光线从威尔斯小姐的眼镜上移开，查尔斯爵士看见她淡蓝色的眼睛在透过镜片凝视着他，眼神充满智慧。

"这个女人，"查尔斯爵士心想，"有种残忍的幽默感。"

---

①嗨嗒嗒嘀嘀和盘子勺子私奔：指一脍炙人口的英国传统儿歌，收录于《鹅妈妈童谣》，原童谣内容为：Hey Diddle Diddle，The cat and the fiddle，The cow jumped over the moon. The little dog laughed，To see such fun，And the dish ran away with the spoon.（嗨嗒嗒嘀嘀／小提琴和猫咪／母牛跳过月亮／小狗大笑不已／因为这幕滑稽／却跑了盘子勺子）威尔斯小姐的剧名《小狗大笑》便出自这里。

他开口说道：

“你能猜到我来这里有什么事吗？”

威尔斯小姐狡黠地说：“哎，总不能仅仅是想瞧一瞧我这个可怜鬼。”

查尔斯爵士稍稍体会了一下，威尔斯小姐说的话和她的文字之间的差别。她的文字诙谐又嘲讽，说话时却透着狡黠。

“其实，是萨特思韦特启发了我。”查尔斯爵士说，“他认为自己看人很准。”

“他很会看人。”威尔斯小姐说，“应该说，那是他的爱好。”

“他还坚定地认为，在梅尔福特庄园当晚，如果有什么值得注意的情况，你肯定会注意到。”

“他这么说的？”

“是的。”

“必须承认，我很感兴趣。”威尔斯小姐语速缓慢，“你瞧，我从没这样近距离地接触过凶案。作家得收集所有素材，日后好用在作品里，是不是？”

“众所周知。”

“自然而然，”威尔斯小姐说，“我试着注意所有我能发现的情况。”

显然，这是贝阿特丽丝所言“四处窥探”的威尔斯小姐版本。

“所有关于客人的情况？”

“所有关于客人的情况。”

“那么，你又注意到些什么呢？”

夹鼻眼镜转向一侧。

“我并没发现什么有用的线索，如果我有发现，自然就告诉警察了。”她又加了一句颇有道德感的话。

“但你注意到了什么。”

“我总会注意到什么。我控制不住，真有意思。”她咯咯笑起来。

“那么，你注意到了……什么？”

“哦，没什么……嗯，都是对你们而言没价值的事情，查尔斯爵士。只是些关于人的性格的小细节。我发现人们都是值得琢磨的对象。非常具有代表性，希望你明白我的意思。”

“对什么具有代表性？”

“对他们自己。哦，我解释不清。我总是不太会说话。”

她又咯咯笑起来。

“你的笔锋比你的舌头还要毒辣。”查尔斯爵士微笑着说。

“查尔斯爵士，你用‘毒辣’这个词有点过分吧。”

“亲爱的威尔斯小姐，承认吧，你手里握笔的时候简直冷酷无情。”

“我觉得你很可怕，查尔斯爵士。是你对我冷酷无情。”

“我得从这没完没了的打趣里脱身。”查尔斯爵士暗想。于是他开口道：

“所以你没有发现什么确凿的线索吗，威尔斯小姐？”

“没有，都算不上。不过，只有一件事。我注意到了，本来应该告诉警察，但我忘记了。”

“什么？”

“那个管家。他左手腕上有个草莓样的标记。他给我递上蔬菜的时候，我注意到的。我想这应该是那种能派上用场的线索。”

“我得说这条线索十分有价值。警方在竭力寻找那个叫埃利斯的男人的踪迹。威尔斯小姐，你真是一位卓越的女性。仆人和客人们都没提过这个标记。”

“大多数人都不怎么好好用眼看，对吧？”威尔斯小姐说。

“标记具体是在哪个位置，有多大？”

“你可以伸出自己的手腕……”查尔斯爵士依言伸出胳膊。“谢谢。就在这里。”威尔斯小姐准确地指出了标记的位置。“它的尺寸嘛，大约是六便士那么大，形状有点像澳大利亚。”

“谢谢，描述得非常清楚。”查尔斯爵士说着，收回自己的手，将袖口拉下来。

“你觉得我应该写信告诉警察吗？”

“当然。这对追踪那个男人会有很大帮助。哎呀，”查尔斯爵士情绪有些激动地继续道，“侦探小说里，坏人身上总有些识别身份的标记。我以为现实生活中能有点这种近似条件会很难呢。”

“小说里通常是疤痕。”威尔斯小姐若有所思地说。

“胎记也不错。”查尔斯爵士说。

他看起来心满意足，像个小男孩。

“问题是，”他继续说道，“大多数人都没有如此明确的特征，没有什么可以辨别他们的东西。”

威尔斯小姐向他投来不解的目光。

“比如说，老巴宾顿。”查尔斯爵士继续道，“他的特征非常模糊，很难把握关键点。”

“他的双手很有特点，”威尔斯小姐说，“我管那种手叫‘学者手’。因为关节炎而稍稍扭曲，但手指修长，指甲整洁。”

“你真是个观察家。啊，但是……当然，你以前就认识他。”

“认识巴宾顿先生？”

“是啊，我记得他跟我说过。他说的在哪里认识你来着？”

威尔斯小姐坚决地摇了摇头。

“不是我。你肯定把别人和我记混了，要么就是他记错了。我以前从没见过他。”

“应该是搞错了。我以为……在吉尔林……”

查尔斯爵士热切地看着她，威尔斯小姐却看起来非常镇定。

“没有。”她说。

“威尔斯小姐，你有没有过一个念头，认为他或许也是被谋杀的呢？”

“我知道你和利顿 · 戈尔小姐是这样想的，或者说，你是这样想的。”

“哦……嗯……那么，你是怎么想的呢？”

“似乎不太可能。”威尔斯小姐说。

威尔斯小姐明显对这个话题不感兴趣，让查尔斯爵士有些挫败，于是他进入下一个话题。

“巴塞洛缪爵士有没有提到过一位名叫德 · 拉什布里奇的人？”

“不，应该没有。”

“她是疗养院的一位病人，遭受着神经崩溃和失忆的痛苦。”

“他提到了一个失忆的病例。”威尔斯小姐说，“他说可以催眠一个人，让他恢复记忆。”

“他是那样说的？我不知道……那有什么重大意义吗？”

查尔斯爵士皱起眉头，陷入沉思。威尔斯小姐沉默不语。

“你没有别的什么要告诉我吗？关于任何客人的事情？”

他觉得威尔斯小姐回答之前，似乎小小停顿了一下。

“没有。”

“关于戴克斯太太呢，或者戴克斯船长？萨特克里夫小姐呢？曼德斯先生？”

他说出这些名字的同时，也在目不转睛地看着她。

他似乎看到眼镜闪了一下，但他不太确定。

“恐怕我没什么要告诉你的了，查尔斯爵士。”

“哦，好吧！”他站起身，“萨特思韦特会失望的。”

“我很抱歉。”威尔斯小姐拘谨地说。

“我也很抱歉打扰你。你应该在忙着写作吧。”

“老实说，我的确在写东西。”

“又一部剧吗？”

“是的。其实，我想把几位在梅尔福特庄园宴会的人物写进去。”

“不会有人告你诽谤吗？”

“完全不用担心，查尔斯爵士。我发现，人们从来认不出自己。”她咯咯笑道，“除非有人像你说的一样，十分冷酷无情。”

“你的意思是，”查尔斯爵士说，“我们对自己性格的判断都有失偏颇，若个性被摆到台面来全方位展示，我们不会意识到这是它的真实面貌。我说得没错，威尔斯小姐，你的确是一个残酷的女人。”

威尔斯小姐窃笑。

“你不用担心，查尔斯爵士。女人通常不会对男人残酷，除非是特定的某个男人。女人只会对其他女人残酷。”

“意思是说，你要用自己的剖析之刀向某个不幸的女人下手了。是谁呢？嗯，也许我可以猜一猜。辛西娅不太受同性的欢迎。”

威尔斯小姐什么都没说。她还在微笑，像只猫一样。

“你创作时，是自己写还是口述？”

“哦，我自己写下来，然后送去打字转录。”

“你该雇个秘书。”

“也许吧。你还用着那位聪明的小姐吗，米，米尔雷小姐，是不是？”

“是的。她离开了一段时间，去乡下照顾她妈妈。不过，她已经回来了。雷厉风行的女人。”

“我也这样认为。或许还有点冲动。”

“冲动？米尔雷小姐吗？”

查尔斯爵士瞪圆眼睛。他无论如何也想象不到，米尔雷小姐能和“感情用事”联系到一起。

“可能只是偶尔吧。”威尔斯小姐说。

查尔斯爵士摇摇头。

“米尔雷小姐是完美的机器人，毫无感情。再见，威尔斯小姐。多有叨扰，请见谅。别忘了告诉警察关于那个人的线索。”

“管家右手腕上的标记？好，我不会忘的。”

“那么，再见了。等下，你刚刚是说右手腕吗？你之前说的是左手腕。”

“是吗？我真蠢。”

“好吧，到底是哪边？”

威尔斯小姐皱起眉头，半闭眼帘。

“我想想。我这样坐着……他那样……查尔斯爵士，你可以把那个铜盘子递给我吗，假装它是蔬菜盘？左边。”

查尔斯爵士按照威尔斯小姐的指挥，将扁平的铜家伙递给她。

“女士，要卷心菜吗？”

“谢谢。”威尔斯小姐说，“我确定了。是在左手腕，我之前说的是对的。我犯傻了。”

“不，不。”查尔斯爵士说，“人们经常把左右搞混。”

他第三次与威尔斯小姐道别。

他关上门时，往回看了一眼。威尔斯小姐没有看他，还站在二人分开的地方。她正凝视着炉火，嘴角挂着一丝得逞的满意微笑。

查尔斯爵士惊呆了。

“那个女人知道些什么，”他暗自思忖，“我发誓她知道些什么。但不肯说出来……她到底知道什么呢？”

第十章　奥利弗·曼德斯

萨特思韦特来到施派尔和罗斯公司的办公处，请求会见奥利弗·曼德斯先生，并递上了自己的名片。

不一会儿，他就被领进了一个小房间，奥利弗正坐在一张写字台边。

这位年轻人站起身来，与他握了握手。

“很高兴你来找我，先生。”他说。

他的语气却暗示着：

“我不得不这么说，但这真是太他妈没劲了。”

不过，萨特思韦特才不会轻易泄气。他坐下来，别有用心地擤擤鼻子，从手帕后瞥向对方，说：

“看到早上的新闻了吗？”

“你是说金融方面的新情况？嗯，美元——”

“不是美元，”萨特思韦特说，“是死亡事件。鲁茅斯开棺验尸的结果。巴宾顿是被尼古丁毒死的。”

“哦，那个，是的，我看见了。咱们干劲十足的蛋蛋会满意的。她一直坚称那是场谋杀。”

“但你对它没兴趣？”

“我的品位没那么粗俗。毕竟，凶杀案嘛——”他耸耸肩，

“太暴力，也毫无美感可言。”

“并不总是毫无美感。”萨特思韦特说。

“不是吗？嗯，可能吧。”

“取决于谁是凶手，对吧。比如说，我敢肯定，如果是你，凶案一定会精巧布局，充满艺术性。”

“过奖了。”奥利弗拉长声调说。

“不过，坦白说，亲爱的孩子，我对你伪造的那场意外评价不高。就我所知，警方的评价也不高。”

屋里的空气凝滞了一下，接着一支笔掉到地上，打破了宁静。

奥利弗说：

“不好意思，我不太明白你的话。”

“你在梅尔福特庄园的那场拙劣表演。我很想知道你那样做的原因。”

又是一阵沉默，接着奥利弗开口说：

“你是说警方……怀疑？”

萨特思韦特点点头。

“看起来有点可疑，你觉得呢？”他语调轻快，“不过，也许你有个非常合理的原因。”

“我是有原因的。”奥利弗慢吞吞地说，“至于合不合常理，我说不好。”

“可以让我来判断吗？”

二人顿了顿，然后奥利弗说：

“我到那里……之所以用那种方式……都是按照巴塞洛缪爵士的提议。”

“什么？”萨特思韦特非常震惊。

“有点奇怪，对吧？但事实如此。我收到他寄来的一封信，提议我假装出了意外，顺理成章地留宿。他说自己不能将原因写在信里，但是一有机会他就会向我解释。”

“他解释了吗？”

“他没有……我刚好在晚餐前抵达庄园，没有机会与他独处。晚餐的最后，他……他死了。”

奥利弗一扫之前疲惫的样子，一双深色的眼眸紧紧盯着萨特思韦特，仿佛在仔细观察对方听到这席话的反应。

“这封信还在你手上吗？”

“没有，我撕掉了。”

“真遗憾。”萨特思韦特干巴巴地说，“你也什么都没跟警方说？”

“没有。这听起来……嗯，好像我自己编的似的。”

“确实像编的。”

萨特思韦特摇摇头。巴塞洛缪·斯特里兰奇真的写过这样一封信吗？这不符合他一向的行事风格。这件事有种戏剧化的夸张风格，完全不像医生平时朴素愉悦的性格。

他抬头看向小伙子。奥利弗还在看着他。萨特思韦特心想：“他在观察我是不是能接受这个说法。”

他说：“巴塞洛缪爵士完全没有对自己的请求给出任何解释吗？”

“一点没有。”

“不可思议。”

奥利弗没有说话。

“然而，你却也听从了他的建议？”

奥利弗再次稍稍显出了疲态。

“没错，当时看来，这似乎能让我从庸碌疲惫的生活中稍作解脱，喘口气。必须承认，我也很好奇。”

“还有别的情况吗？”萨特思韦特问道。

“先生，你是什么意思，‘别的情况’？”

萨特思韦特也不知道自己是什么意思。他只是凭着模糊的直觉提出问题。

“我是说，”他说，“还有什么其他想告诉我的吗？有没有什么对你不利的情况？”

小伙子顿了顿，耸耸肩。

“我想应该坦白一下。那个女人不太可能守住秘密。”

萨特思韦特疑惑地看着他。

“凶案发生后的那天早上，我跟叫安东尼·阿姆斯特朗的那个女人聊天。聊到一半，我掏出自己的小笔记本，里面掉出来一样东西。她捡起来递给了我。”

“这个东西是？”

“很不走运，她还给我之前，瞟了它一眼。是一张剪报，关于尼古丁的——它的毒性如何致命之类的内容。”

“你怎么会对这个感兴趣呢？”

“我没有。我应该是以前把这张剪报放进钱包的，但我记不起来了。有点奇怪，是吧？”

萨特思韦特心想：“单薄得要命。”

“我想，”奥利弗·曼德斯继续道，“她跟警方说了吧？”

萨特思韦特摇摇头。

“应该没有。我认为她是个……嗯，不爱与人交流的女人。她是个素材收集者。”

奥利弗·曼德斯突然探身过来。

"我是无辜的，先生，清清白白。"

"我并没有说你犯了罪。"萨特思韦特温和地说。

"但有人……一定有人犯了罪。有人引导警方将视线转向我。"

萨特思韦特摇摇头。

"不，没有。"

"那你今天为什么过来呢？"

"一方面，我的……呃……现场调查引导我来到这里。"萨特思韦特有些傲慢地说，"另一方面，我的……一位朋友建议我过来。"

"哪个朋友？"

"赫尔克里·波洛。"

"那个男人！"奥利弗脱口而出，"他回到英格兰了吗？"

"是的。"

"他为什么回来？"

萨特思韦特站起身来。

"一只猎犬为何要追踪猎物？"他反问道。

他对自己的反驳非常满意，然后离开了房间。

第十一章　波洛举办雪利酒会

1

波洛住在丽思酒店的一间套房，房间装饰有些浮夸。此时，他正坐在一张舒适的扶手椅上，聆听另外几人的成果。

蛋蛋倚在一张椅子的扶手上，查尔斯爵士站在壁炉前，萨特思韦特则坐在稍远处观察着其他几人。

“沿着线索追查，全都进入了死胡同。”蛋蛋说。

波洛轻轻摇了摇头。

“不，不，你太悲观了。与巴宾顿先生的关系方面，你们还是一片空白，没错；但是，你们收集到了其他有用的信息。”

“那个叫威尔斯的女人知道些什么，”查尔斯爵士说，“我发誓她肯定知道些什么。”

“还有戴克斯船长，他并不是问心无愧。此外，戴克斯太太急需钱，可巴塞洛缪爵士断了她的一条财路。”

“你对小曼德斯的说法怎么看？”萨特思韦特问道。

“我的感觉是，他的故事非比寻常，也很不符合已故的巴塞洛缪·斯特里兰奇爵士的性格特征。”

“你的意思是，他说谎了？”查尔斯爵士问得直截了当。

“谎言分很多种。”赫尔克里·波洛说。

他沉默一阵，然后说：

“这位威尔斯小姐，她为萨特克里夫小姐写了一部剧？”

“是的。下周三首演。”

“啊！”

他又沉默下来。蛋蛋说：

“告诉我们，接下来该怎么办？”

小个子男人对她微微一笑。

“别无选择，只能思考。”

“思考？”蛋蛋叫道。语调里带着愤慨。

波洛笑着看向她。

“是的，就是那样。思考！只要思考，所有问题都可以解决。”

“我们就不能做些什么吗？”

“在你看来得采取行动，是吗，小姐？不过，当然了，还是有几件你可以做的事。比如说，巴宾顿先生在那个叫作吉尔林的地方住了很多年。你可以去那里走访调查。你说那位米尔雷小姐的妈妈住在吉尔林，生活无法自理。生活无法自理的人知道所有事情：一切她都有所耳闻，却什么都不会忘。你可以去问问她，也许能获得一些线索。谁知道呢？”

“你难道不去做些什么吗？”蛋蛋追问道。

波洛眼神闪动。

“你坚持认为，我也应该采取主动行动？很好。就按你的心意来吧。只是我不能离开这里，我在这里很舒服自在。但是，我要告诉你接下来我要做什么：我打算举办一场宴会，雪利酒会。最近流行雪利酒会，是吧？”

“雪利酒会？”

“是的，而且我会邀请戴克斯太太、戴克斯船长、萨特克里夫小姐、威尔斯小姐、曼德斯先生以及你富有魅力的妈妈，小姐。”

“有我吗？”

“当然，还有你。现在咱们这几个人都包括在内。”

“好哇！”蛋蛋说，“你瞒不了我，波洛先生。宴会上将发生一些事，对不对？”

“咱们走着瞧。”波洛说，“但是不要期望过高，小姐。现在，请查尔斯先生单独留一下，我有几件事想征询他的建议。”

蛋蛋和萨特思韦特一起站着等电梯时，蛋蛋兴奋地说：

“真好啊，完全就像侦探小说里面的情节。所有人都会到场，随后他就会告诉我们其中谁是凶手。”

“或许吧。”萨特思韦特说。

2

雪利酒会在周一晚上举办。所有人都接受了邀请。迷人又轻浮的萨特克里夫小姐故意放声大笑，同时不断向周围扫视。

“波洛先生，这儿完全就是蜘蛛的客厅，我们这些可怜的小苍蝇是来自投罗网的。你一定是要对案件进行精彩陈述，然后突然指向我说：‘汝即凶手。’接着大家说：‘她就是凶手’，同时我崩溃大哭，供认不讳，因为我太容易受到言语的蛊惑。哦，波洛先生，我真的好怕你。”

“这是个什么故事啊！”波洛叫道。他正忙着把醒酒器里的酒倒在杯子里。他递给她一杯雪利酒，欠身致意。“这是一场友好融洽的宴会。咱们还是不要讨论凶案、流血和下毒那些了。哎，哎！这些话题会破坏咱们的兴致。”

他给严肃的米尔雷小姐递上一杯酒。米尔雷小姐是陪同查尔斯爵士来的，她脸上挂着生人勿扰的表情，站在一边。

“好了。”波洛把酒分发完毕，说道，“咱们都忘掉第一次见面时的场景吧，振作精神，享受宴会。吃吃喝喝，开开心心，因为我们明天就要赴死。啊，真是不幸，我又提到了死亡。夫人，”他向戴克斯太太欠身，“请允许我为你送上美好祝愿，为你迷人的礼服干杯。”

“为你干杯，蛋蛋。”查尔斯爵士说。

“干杯。”弗雷迪·戴克斯说。

每个人都咕哝了几句话。宴会后续的环节中，弥漫着一种强颜欢笑的氛围。大家都决意表现得兴致高昂、无忧无虑，只有波洛看起来很自然。他随意在客人之间穿梭，表情愉悦……

“比起鸡尾酒，我更喜欢雪利酒——我最讨厌威士忌了。啊，威士忌，多么可怕。喝了威士忌，你的胃口就被破坏了，完全倒胃口。法国精致的葡萄酒嘛，品尝它们的时候，你千万不能，啊，怎么回事？”

一个奇怪的声音打断了他，是一种窒息的叫声。查尔斯爵士摇摇晃晃地站着，面部扭曲。每个人都走向他。查尔斯爵士手中的杯子掉落在地毯上，踉跄了几步，然后倒在地上。

空气一阵凝滞，大家呆若木鸡。接着，安吉拉·萨特克里夫放声尖叫，蛋蛋拔腿走上前去。

“查尔斯，”蛋蛋叫道，“查尔斯。”

她不顾一切挣扎向前。萨特思韦特轻轻拦住她。

“哦，上帝，”玛丽夫人叫道，“不要又是一个！”

安吉拉·萨特克里夫失声叫道：

“他也被下毒了……太可怕了。哦，我的天哪，太可怕了……”

她猛然倒坐在沙发上，开始又哭又笑，声音可怖。

波洛掌控住整个局面。他跪在倒地的男人身边，其他人在他检视的时候向后挪开。他站起来，机械地掸掉裤子膝盖处的灰。他扫视了一圈客人。屋内鸦雀无声，只有安吉拉·萨特克里夫压抑的哽咽声。

“朋友们。”波洛开口道。

他没能继续说下去，因为蛋蛋开始冲他发泄怒火：

“你这个混蛋。你这个荒谬可笑、愣充专家的矮子！假装自己很厉害，什么都知道，结果弄出这摊子事。又一起凶案。就在你眼皮子底下……如果当初你撒手不管，就不会发生这种事……是你杀了查尔斯……你，是你，就是你……”

她停下来，说不出话了。

波洛沉重悲伤地点点头。

“的确是这样，小姐。我承认，正是我杀害了查尔斯爵士。但是，小姐，我是个特殊的凶手。我既可以杀人，也可以将人复活。”他转过身，以另一种充满歉意的平常语调说：

“非常出色的表演，查尔斯爵士。祝贺你。现在你可以谢幕致意了。”

演员笑了一声，一骨碌爬起来，假模假式地鞠躬。

蛋蛋倒吸一口气。

“波洛先生，你……你这个禽兽。”

“查尔斯！”安吉拉·萨特克里夫叫道，“你这个魔鬼……”

“可是，为什么……”

“怎么……”

“究竟……”

波洛举起一只手，大家安静下来。

“先生们，女士们。我请求你们原谅。这部小插曲是为了向你们证明，也是顺便向我自己验证，我的推理结果是正确的。

“请听我说。托盘上的杯子中，有一只里面混了一茶匙白水，是我倒入的。水代表了提纯尼古丁。这些杯子与查尔斯·卡特莱特爵士、巴塞洛缪·斯特里兰奇爵士拥有的那些一样。由于都是笨重的雕花玻璃杯，少量的无色液体令人难以察觉。因此，请各位想一下，巴塞洛缪·斯特里兰奇爵士的波尔多酒杯的样子。杯子放在桌上后，有人向里面倒入了足量的提纯尼古丁。谁都有可能做到：管家、客厅女仆，或者哪位下楼时偷偷溜进餐厅的客人。上过甜点后，仆人端上波尔多酒，四处递给客人，杯子满上。巴塞洛缪爵士喝下去，于是死了。

“今天，我们表演了第三场悲剧——一场伪造的悲剧。我请求查尔斯爵士扮演被害者。他表演得非常出色。我们假设这并不是一场闹剧，而是真实发生的。查尔斯爵士死了。接下来，警方会采取哪些行动？”

萨特克里夫小姐叫道：

“哦，当然是杯子了。”她向地上的玻璃杯点了一下头，杯子刚才从查尔斯爵士的手中掉落。“你放进去的只是水，如果是尼古丁的话……”

“咱们假设它就是尼古丁。”波洛用脚尖轻轻点了一下杯子，“你的观点是，警察会将杯子带走化验，发现尼古丁的痕迹吗？”

“当然了。”

波洛轻轻摇了摇头。

“你错了。警察不会验出尼古丁。”

大家目瞪口呆地看着他。

他微笑道：“那只杯子不是查尔斯爵士用的。”他不好意思地笑了笑，从礼服外套的口袋里掏出了一只杯子，“这才是他刚才喝酒用的杯子。”

他继续说：

“这是最简单的变戏法套路。人不能同时将注意力放在两个地方。我为了变戏法，必须让大家的注意力集中在其他地方。嗯，有这么一个时刻，心理上的时刻。查尔斯爵士倒下的时候，他死去的时候，每双眼睛都落在他的尸体上。大家都拥到他身前，没人，没有一个人在看赫尔克里 · 波洛。就在那时，我换掉了杯子，却没人看见……

“所以，我证明了自己的看法……在鸦巢有这么一个时刻，在梅尔福特庄园也有这么一个时刻。因此，鸡尾酒杯里什么都没有，波尔多酒杯中也什么都没有……”

蛋蛋叫道：

“谁换了杯子？”

波洛看向她，回答道：

“这个嘛，我们还不知道……”

“你不知道？”

波洛耸耸肩。

客人们心怀疑惑，陆续表示要离开酒会。他们冷冰冰的，因为感到自己被戏弄了。

波洛以手示意，请他们暂时不要离开。

“请各位少安毋躁。我还要说一件事。今晚，我们确实表演了一出喜剧，结尾圆满。但是，这幕剧也可能不是玩笑，会变成一出悲剧。一定条件下，凶手有可能第三次出手杀人……下面的话，我想对在场所有人说：如果你们之中有谁知道一些情况、一些与这起凶案有联系的情况，我乞求他现在讲出来。这种时候，闭口不言非常危险，沉默的结果可能是死亡。因此，我再次乞求各位，如果有人知道一些情况，请现在就讲出来……”

在查尔斯爵士看来，波洛的请求是专门对威尔斯小姐说的。如果是这样，那他的话没有取得任何成效。没人应答。

波洛叹了口气，垂下手臂。

“那就这样吧。我已经提出警告，别的什么也做不了。记住，沉默不言非常危险……”

还是没人说话。

客人们在诡异的氛围下离开酒会。

蛋蛋、查尔斯爵士和萨特思韦特先生留了下来。

蛋蛋还没有原谅波洛。她直挺挺地坐着，面颊涨红，怒目圆瞪，不肯看向查尔斯爵士。

“真是机智的一举，波洛。”查尔斯爵士满怀欣赏地说。

“令人印象深刻。”萨特思韦特轻笑一声说，“真不敢相信，我竟然没有看到你换杯子。”

“这就是为什么，”波洛说，“我不能让任何人提前知道。这样试验才公平。”

“你设计一番只是为了这个原因吗？为了验证是否无人能发现？”

“嗯，不完全是。我还有一个目的。”

“是什么？”

“查尔斯爵士倒毙的时候，我想看看其中一个人脸上的表情。”

“谁？”蛋蛋尖锐地问道。

"啊，这是我的秘密。"

"你看了那人的脸没有？"萨特思韦特问道。

"看了。"

"然后呢？"

波洛没有回答。他只是摇摇头。

"不能告诉我们你看到了什么吗？"

波洛一字一句地说：

"我看到了最为惊诧的表情……"

蛋蛋倒吸了一口气。

"你是说，"她说，"你知道谁是凶手了？"

"你愿意的话，也可以那么理解，小姐。"

"但是这样的话……这样的话……所有事情你都清楚了？"

波洛摇摇头。

"不是。相反，我什么都不清楚，因为我不知道凶手为什么要杀害斯蒂芬·巴宾顿。不弄明白这点，我就什么都证明不了，也什么都不清楚……所有前前后后的关键就在这里——杀害斯蒂芬·巴宾顿的动机……"

有人敲了敲门，一个服务员走进来，举着托盘里的一封电报。

波洛打开电报，脸色一变。他将电报递给查尔斯爵士。蛋蛋从后面越过查尔斯爵士的肩头，将电报大声读出来：

"请立即来见我，关于巴塞洛缪·斯特里兰奇之死，我有重要信息告知。——玛格丽特·拉什布里奇"

"德·拉什布里奇太太！"查尔斯爵士叫道，"我们说中了。她跟这件凶案有关系。"

第十二章　在吉尔林的一天

1

大家马上激动地讨论起来，拟出一份谈话内容。几人决定乘早班火车前往，比乘汽车要好些。

“终于，”查尔斯爵士说，“我们要解开这个谜团了。”

“你认为谜团背后是什么？”蛋蛋问。

“我想不出来。但它一定跟巴宾顿的案子有关系，能帮助我们破案。如果托里是有意集结起这些人的，我也敢肯定他是有意的，那么，他所谓要给客人的‘惊喜’就与这位叫拉什布里奇的女人有关联。我们应该可以这样想吧，波洛先生？”

波洛困惑地摇摇头。

“这份电报让形势更加复杂了。”他喃喃道，“但我们必须要抓紧时间，争分夺秒。”

萨特思韦特看不出为什么要争分夺秒，但他出于礼貌表示赞成。

“当然，我们要乘坐明早的头班火车。嗯……也就是说，咱们所有人都要去吗？”

“我和查尔斯爵士已经安排好了，明天要去吉尔林。”

“我们那个计划可以延后。”查尔斯爵士说。

“我觉得没有必要推迟任何计划。”蛋蛋说，“咱们四个都要一起去约克郡，没这个道理。队伍太庞大。波洛先生和萨特思韦特先生去约克郡，我和查尔斯爵士去吉尔林。”

“我想调查这个拉什布里奇的事情，”查尔斯爵士带有一丝渴求地说，“你瞧，我……嗯……跟疗养院护士长谈过……就是说，已经算踏足了这件事。”

“所以你才最好放手不管。”蛋蛋说，“你当时撒了一堆谎。既然现在这个叫拉什布里奇的女人已经恢复神志，你那些谎言都会被当场揭穿。在吉尔林，你能发挥的作用要大得多。如果我们要去见米尔雷小姐的妈妈，她对你说的话，肯定比对别人多得多。你是她女儿的老板，她信任你。”

查尔斯爵士看着蛋蛋灼热诚挚的面庞。

“我会去吉尔林。”他说，“你说得很对。”

“我知道。”蛋蛋说。

“我觉得这样安排非常好。”波洛欢快地说，“诚如小姐所言，查尔斯爵士是与那位米尔雷太太谈话的绝佳人选。谁知道呢，也许你们从她那儿打探出来的事情，比我们在约克郡调查出来的要有用得多。”

一切事务在此基础上做了进一步安排。第二天上午差一刻十点，查尔斯爵士开车来接蛋蛋。波洛和萨特思韦特已经坐火车离开伦敦了。

上午的空气带着一丝凛冽，令人神清气爽。查尔斯爵士以前就知道泰晤士河南边有很多捷径，于是左拐右拐地穿插其中，蛋蛋的兴致也逐渐高涨。

不过，他们最终沿着通往福克斯顿[①]的马路向前飞奔。穿过梅德斯通[②]后，查尔斯爵士看了看地图，然后驶离大路，在乡间小路上穿行。大约差一刻到十二点，他们抵达目的地。

吉尔林是一个与世隔绝的小村镇。村里有一间老旧的教堂，一间教区牧师的住处，两三家商店，一排小房子，三四间公建住房，还有一片宜人的乡村草坪。

米尔雷小姐的妈妈住在一座很小的房子里，就在草坪的一边，草坪另一边则是教堂。

汽车一停下，蛋蛋便问：

“米尔雷小姐知道你来拜访她妈妈吗？”

“哦，知道的。她给老夫人写了信，请她做好准备。”

“你觉得这是好事吗？”

“亲爱的小姑娘，为什么不是？”

“哦，我不知道……不过，你没有带她一起来。”

“老实说，我觉得有她在，会影响我发挥。她比我高效得多，很可能会催促我。”

蛋蛋大笑起来。

见到真人后，他们发现米尔雷太太和她的女儿完全不一样，简直不可思议，两厢对照，十分有趣。米尔雷小姐线条冷硬的地方，她却柔和软绵；米尔雷小姐棱角分明的地方，她却线条圆润。米尔雷太太圆圆胖胖的，像个大面团。她被安置在一张扶手椅上，很方便就能从窗户向外观察整个世界的动向。

有人来探访她，似乎让她十分激动。

“你真是太好了，查尔斯爵士。我们家维奥莱特说了很多你

①福克斯顿：英格兰东南部肯特郡港口城市。
②梅德斯通：英格兰东南部肯特郡城市。

的情况。”（维奥莱特！[①] 真是与米尔雷小姐不相称的名字。）“你不知道她多么欣赏你。这些年她能够与你共事，非常开心。请坐呀，利顿·戈尔小姐。请原谅我无法起身，我下肢瘫痪已经很多年了。这是上帝的意志，我并不怨天尤人，只能说人什么都能适应。开了一路车，需不需要喝点什么？”

查尔斯爵士和蛋蛋都表示不需要饮料，但米尔雷太太不予理会。她以东方的方式拍拍手，便有人端上了茶和饼干。他们一边小口吃喝，查尔斯爵士一边提出了本次登门拜访的主题。

“米尔雷太太，我想你已经听说了吧？曾经在这里担任教区牧师的巴宾顿先生不幸去世了。”

面团子点点头，用力表示同意。

“是的，我已经从报纸上详细看了开棺验尸的前因后果。我想不到谁会给他下毒。他是个非常善良和蔼的人，这里每个人都很喜欢他——还有他的妻子。他们的小孩子也都很招人喜爱。”

“这是个很大的谜团，”查尔斯爵士说，“我们已经走进了死胡同，找不出原因。事实上，我们期望你能帮助我们，为这件事提供一些可能的思路。”

“我吗？但我很久没见过巴宾顿一家了……让我想想……肯定有十五年没见了。”

“我知道，但是我们有些人认为，或许他过去的一些经历导致他的死亡。”

“我确定自己不知道会有什么原因。他们生活安逸，与世无争，不过这可怜的一家人生活非常拮据，还带着好几个孩子。”

米尔雷太太很积极地配合回忆着，但她讲述的往事似乎对他

①维奥莱特：英文为“Violet”，意即“紫罗兰”。

们想要解决的问题没有太大用处。

查尔斯爵士给她看了一张快照的放大相片，里面有戴克斯夫妇；还看了安吉拉·萨特克里夫早年的一张肖像，以及从报纸上剪下的一张威尔斯小姐有些模糊的照片。米尔雷太太饶有兴味地仔细查看了所有照片，但没有谁是她的老相识。

“我应该都不认识他们，当然，那是很久远的事情了。但这地方很小，没多少人过来，也没几个人离开。阿格纽家的姑娘们，就是医生家的女儿们，她们已经结婚，搬到外地了；我们现在的医生还没结婚，正谈着一个外来的年轻姑娘；还有凯利家的老小姐，以前常常坐在教堂的大长椅上，但她们很多年前就去世了；还有理查德森夫妇，丈夫死了，妻子搬去了威尔士；当然，还有一些村民。但这里变化不大。我想，我跟维奥莱特一样，只能告诉你这么多。她当时是个小姑娘，常常去牧师的住处玩。”

查尔斯爵士想象不出米尔雷小姐小时候的样子。

他问米尔雷太太，她是否记得有人叫拉什布里奇，但她没有认识的迹象。

最后，他们只得离开。

接下来，查尔斯爵士和蛋蛋到烘焙店里胡乱打发了午饭。查尔斯爵士希望能去其他地方吃点好的，可是蛋蛋指出，他们这样或许能听见两句当地人的闲话。

“而且，偶尔吃一次煮鸡蛋和司康饼对你也不会有什么坏处。”她严厉地说，“男人总是对食物挑三拣四的。”

“我觉得鸡蛋很倒胃口。”查尔斯爵士委屈地说。

为他们点菜的女人很乐意聊天。她也在报纸上看到了开棺验尸的消息，知道那是“老牧师”，感到十分震惊。“我当时还是个小孩子，”她说，“但我记得他。”

然而，关于牧师，她能够提供的内容并不多。

午饭过后，二人来到教堂，查看了出生、结婚和死亡的记录，也没有什么有价值的信息。

他们来到教堂墓地，四处逛了逛。蛋蛋念着墓碑上的名字。

“真是些奇奇怪怪的名字。”她说，“看，这里有一家人姓‘棍棍便士’，这儿还有个人叫‘玛丽·安·焦虑路’。”

“他们的名字都不如我的奇怪。”查尔斯爵士咕哝道。

“‘卡特莱特’？我觉得一点也不怪。”

“我说的不是‘卡特莱特’，那只是我的艺名。我后来合法地改了名。”

“你的真名是什么？”

“我不能告诉你。这是我黑暗的秘密。”

“有这么可怕吗？”

“不那么可怕，但很滑稽。”

“告诉我嘛。”

“不行。”查尔斯爵士坚定地说。

“求求你了。”

“不行。”

“为什么不行呢？”

“你会笑的。”

“我不会。”

“你会忍不住的。”

“哦，求求你告诉我吧。求求你，求求你，求求你了。”

“蛋蛋呀，你真是个不撞南墙不回头的家伙。你为什么想知道呢？”

“因为你不肯告诉我。”

“可爱的小家伙。”查尔斯爵士有点动摇。

“我不是小家伙。”

“你不是吗？我很怀疑。”

“告诉我吧。”蛋蛋软语轻言。

查尔斯爵士的嘴角弯出一道谐趣又悲凉的笑容。

“行吧，听好了。我爸爸叫‘马克杯杯’。”

“不是吧？”

“千真万确。”

“嗯，”蛋蛋说，“这有点悲惨。一生都要被叫作‘马克杯杯’——”

“不会让我在演艺道路上走很远的，我同意。我记得，”查尔斯爵士神情恍惚地回忆道，“年轻的时候，我刚踏上表演舞台，心想要给自己改名为‘路多维克 · 伽斯蒂利奥内’。但最后我折中取了个英国名字‘查尔斯 · 卡特莱特’，押头韵[①]。”

“你真的叫‘查尔斯’吗？”

“是的，我的教父和教母都可以做证。”他踌躇一下，接着说，“你何不叫我‘查尔斯’，把‘爵士’省去呢？”

“可以呀。”

“你昨天就那样叫了。当……当时……你以为我死了。”

“哦，那时候啊。”蛋蛋试图让自己的声音不泄露情绪。

查尔斯爵士唐突地说：“蛋蛋，这起凶杀案件开始让人觉得有点像做梦了，特别是今天，感觉特别美好。我本想先收拾好这摊子事，再去……再去做其他事情。我有种执念。我把成功破案与……与另一种成功联系在了一起。哎，可恶，我为什么要顾左

①押头韵：查尔斯 · 卡特莱特英文为 Charles Cartwright，姓和名的第一个音节元音均为[ɑː]。

右而言他呢？我在舞台上表演了那么多爱情故事，在真实生活中反而缩手缩脚的。是我，还是小曼德斯，蛋蛋？我必须要知道。昨天我觉得你选了我……”

“你说对了……”

“你真是天赐的可人儿。”查尔斯爵士叫道。

“查尔斯，查尔斯，你不能在墓地里吻我……”

“我想在哪里吻你都可以——”

2

“我们没有任何发现。”过了一会儿，蛋蛋说。他们正在驶回伦敦的路上。

“胡说，我们发现了唯一有意义的事……一个死去的牧师或医生管我什么事？你是我唯一在意的……亲爱的，你知道，我比你大整整三十岁，你确实不介意吗？”

蛋蛋轻轻捏了一下他的胳膊。

“别说傻话。不知道其他人有没有收获？”

“随便他们。”查尔斯爵士大方地说。

“查尔斯，你之前对案件线索可是很上心的。”

但查尔斯爵士不再扮演大侦探的角色了。

“这是我自己的演出，我现在将它转交给大胡子了。这是他的事情了。”

“你觉得他真的知道谁是凶手吗？他说自己知道的。”

“或许他还完全摸不着头脑，但他得维护自己的专业声誉。”

蛋蛋没有说话。查尔斯爵士说：

“你在想什么呢，亲爱的？”

"我在想米尔雷小姐。我跟你说的那天晚上，她表现得真的很异常。她刚刚买了开棺验尸的那份报纸，说自己不知道该怎么办。"

"净胡说，"查尔斯爵士欢快地说，"那个女人总知道该怎么办。"

"严肃点，查尔斯。她听起来……非常忧虑。"

"蛋蛋，我的甜心，米尔雷小姐的忧愁管我什么事？除了我和你，其他都管我什么事？"

"看着电车！"蛋蛋说，"我可不想还没结婚就守寡。"

他们回到查尔斯爵士的公寓喝茶。米尔雷小姐过来见他们。

"有您的一份电报，查尔斯爵士。"

"谢谢你，米尔雷小姐。"他笑起来，像个神经紧张的小男孩，"那个，我得告诉你一个新消息。我和利顿·戈尔小姐要结婚了。"

一阵沉默。接着，米尔雷小姐开口说：

"哦！你们肯定……肯定会非常幸福。"

她的声音中含着某种奇怪的情绪。蛋蛋察觉到了，但没等她想明白，查尔斯·卡特莱特猛地转向她，发出一声惊叹。

"我的天哪，蛋蛋，瞧这个。是萨特思韦特发来的。"

他把那份电报塞到蛋蛋手里。蛋蛋看了看，睁大眼睛。

第十三章　德·拉什布里奇太太

赫尔克里·波洛和萨特思韦特在登上火车之前，先去见了一下已故巴塞洛缪·斯特里兰奇爵士的秘书林顿小姐。林顿小姐非常想帮上忙，但无法提供什么重要线索。巴塞洛缪爵士只在病案本里提到过德·拉什布里奇太太，口吻非常专业。除了医学讨论，巴塞洛缪爵士从来没有谈过她。

大约十二点钟，两人抵达疗养院。开门的女仆兴奋得脸色涨红。萨特思韦特首先请求与护士长见面。

“我不知道她今天上午能不能见你们。”女孩很是拿不准。

萨特思韦特掏出一张名片，写上几句话。

“请把这个转交给她。”

他们被领进一间小休息室。大约五分钟后门打开，护士长走进来。她平时精力充沛、效率出众，今天却看起来一反常态。

萨特思韦特站起来。

“希望你还记得我。”他说，“巴塞洛缪·斯特里兰奇爵士去世后不久，我曾与查尔斯·卡特莱特爵士一同登门拜访过。”

“是的，萨特思韦特先生，我当然记得你。查尔斯爵士当时还追问过可怜的德·拉什布里奇太太的情况，似乎都是巧合。”

“请允许我介绍赫尔克里·波洛。”

波洛鞠躬致意，护士长心不在焉地回应他。她继续道：

“我不明白你们怎么会收到如你们所言的那样一封电报。整件事情看起来非常奇怪，让人费解。肯定与可怜的医生之死没有什么联系吧？一定是有个疯子，我只能这样解释。让警察来这里什么的。真是糟心。”

“警察？”萨特思韦特惊讶地说。

“对，他们十点钟就到这里了。”

“警察？”赫尔克里·波洛说。

“我们现在可以见见德·拉什布里奇太太吗？”萨特思韦特提议道，“因为是她请我们过来的——”

护士长打断他的话。

“哦，萨特思韦特先生，看来你还不知道！”

“知道什么？”波洛尖锐地问。

“可怜的德·拉什布里奇太太。她死了。”

“死了？”波洛叫道，“晴天霹雳！这就对了。是的，原来如此。我早应该料到——”他话锋一转，“她是怎么死的？”

“莫名其妙。有人寄给她一盒巧克力，是酒心的。她吃了一颗——味道一定很难吃，但我想她应该没有料到会这么难吃，于是就囫囵吞下去了。人们一般不会把吃进去的东西吐出来。”

“是啊，是啊，而且如果一股液体突然顺着你的喉咙流下去，就很难吐出来了。”

“所以她吞了下去，然后大喊大叫。护士赶紧跑过来，但我们无能为力。大概两分钟后，她就死了。医生派人叫来警察，警察抵达之后就检查了巧克力。第一层都被动了手脚，下面的都没问题。”

“使用的毒物是？”

“他们认为是尼古丁。”

“对啦。”波洛说，“又是尼古丁。致命的一击！胆大妄为！”

“我们来晚了。”萨特思韦特说，“我们永远都不会知道她要告诉我们什么了。除非……除非……她之前跟谁透露过一些秘密？”他瞥向护士长，眼中带有询问。

波洛摇摇头。

“没有向谁透露过。你会发现的。”

“我们可以问问。”萨特思韦特说，“或许哪个护士知道呢？”

“随便去问吧。”波洛说，但语气中毫无希望可言。

萨特思韦特转向护士长，她马上便派人叫来两位护士。这两位日夜轮流值班，负责护理德·拉什布里奇太太，但她们都无法提供更多有价值的信息。德·拉什布里奇太太从来没有提过巴塞洛缪爵士之死，两位护士甚至都不知道她发过那封电报。

在波洛的请求下，两个人被带到了死者的房间。他们发现克洛斯菲尔德队长在现场指挥，于是萨特思韦特向波洛介绍了他。

接着，二人移步床边，查看死去的女人。她大约四十岁，深色头发，面色苍白。她的脸并不安详，满是临死前的痛苦。

萨特思韦特缓缓说道：

“可怜的人……”

他看向站在床对面的波洛。这个小个子比利时人的脸上有种奇怪的神情。萨特思韦特不禁打了个冷战。

萨特思韦特说：

“有人知道她要说什么，于是杀了她……她是被灭口的……”

波洛点点头。

“没错，确实是。”

“她被杀，是因为有人不想让她把知道的事情说出来。”

“或者她不知道的事情……不过，咱们还是不要浪费时间了，还有很多事情要做呢。不能再死人了。我们必须保证这一点。”

萨特思韦特好奇地问：

“这与你心中凶手的特征相符吗？”

“是符合的，但我意识到一件事：凶手比我想的还要危险。我们必须小心才是。”

克洛斯菲尔德队长跟随二人走出房间，知晓了发给他们的那封电报的情况。电报由梅尔福特邮局发出，经查问，是一位小男孩递送给邮局的。管事的年轻姑娘之所以会记得，是因为这条消息让她很兴奋，上面提到了巴塞洛缪·斯特里兰奇爵士之死。

二人和队长一起吃了些午饭，又给查尔斯爵士拍了封电报。随后，二人着手继续调查。

当天傍晚六点钟，递送电报的小男孩找到了。他马上说出自己的经历。一位衣着破旧的男人把电报给了他，告诉他电报是从“公园中的房子”的一个“疯女人”那里得来的。她将纸条从窗户里丢出来，里面包着两枚二先令六便士硬币。那个男人不想卷入什么麻烦事，而且正往另一个方向去，就给了男孩二先令六便士，让他把发电报找零的钱自己留着。

警方将开始搜寻那个男人。与此同时，波洛和萨特思韦特在此地无甚可做，便动身返回伦敦。

快到午夜时，二人抵达市里。蛋蛋已经回到妈妈的住处，但查尔斯爵士与二人见了面，讨论了现在的进展。

“*我的朋友，*”波洛说，“听我的吧。只有一样东西可以破案，那就是大脑里的灰质细胞。全英格兰跑上跑下，指望哪个人能提供有用的信息——这种方法都很业余，而且徒劳无效。真相只能从内部发掘。”

查尔斯爵士面露怀疑。

“那么，你想要怎么办呢？”

“我想思考。我向你们申请二十四小时，我要用这段时间来思考。”

查尔斯爵士面带微笑地摇摇头。

“只要你想一想，就能知道这个女人如果活着，会说什么吗？”

“我想会的。”

“不太可能。不过，波洛先生，请自便吧。如果你能解决这个谜案，就比我厉害。我认输了。不管怎么说，我另有要事处理。”

他或许还希望着有人会继续问他问题。若真如此，他的希望便落空了。萨特思韦特确实马上抬眼看他，但波洛还沉浸在自己的思考中。

“好了，我得走了。”演员说，“哦，还有一件事。我很担心……威尔斯小姐。”

“她怎么了？”

“她不见了。”

波洛瞪着他。

“不见？去哪儿了？”

“没人知道……接到你的电报后，我思考了一遍所有事情。如我之前所言，我很确定那个女人知道些什么，却没有告诉咱们。我想我应该最后去试一试，看看能不能让她说出来。我开车去她家，抵达时大约九点半，然后提出要见她。她似乎今天早上就走了，白天去了伦敦——她是这么说的。她的仆人傍晚时收到一封电报，说她一两天都不会回去，不必担心。”

“那他们担心吗？”

“我估计他们很是担心。你瞧，她什么行装都没带。”

“奇怪。”波洛嘟囔道。

“我知道。似乎……我不知道。我有些不安。”

“我警告过她。”波洛说，“我警告过每一个人。你记得我对他们说过吧，‘现在就讲出来’。”

“是啊，是啊。你觉得她是不是也……？”

“我有自己的想法。”波洛说，“我暂时不想讨论。”

“首先是管家埃利斯，接着是威尔斯小姐。埃利斯在哪儿？警察居然从没发现过他的踪迹，真是难以置信。”

“他们没有找对地方。”波洛说。

“那么，你的看法与蛋蛋一样。你认为他死了吗？”

“人们再也不会看见活着的埃利斯了。”

“我的天，”查尔斯爵士冲口而出，“真是噩梦，整件事情都让人想不透。”

“不，不是的。相反，整个案子符合理性和逻辑。”

“你是这样认为的？”

“当然。你瞧，我的头脑很清楚。”

“我不明白你的意思。”

萨特思韦特也好奇地看着小个子侦探。

“我的头脑又是个什么呀？”查尔斯爵士问道，语气有些受伤。

“你的是演员的头脑，查尔斯爵士。富于创造力，具有原创性，总是看到戏剧性的一面。咱们这位萨特思韦特先生呢，是个爱看戏的人。他观察剧中人物，能感受到人与人之间的涌动暗流。我的头脑一板一眼，只看到事实，没有任何戏剧性的陷阱或滤镜。”

“那么，我们就留你自己思考了？”

“我就是这么想的。需要二十四小时。”

“祝你好运。晚安。”

查尔斯爵士和萨特思韦特一同告辞。离开后，他对萨特思韦特说：

“那家伙自视甚高啊。”

他语调冰冷。

萨特思韦特露出微笑。主角光环！原来如此。他说：

“查尔斯爵士，你刚才说你另有要事处理，是什么意思？”

查尔斯爵士的表情有些不好意思。萨特思韦特在汉诺威广场参加过多次婚礼，这种表情见得多了。

“嗯，其实吧，我……嗯……那个，我和蛋蛋……”

“很高兴听到这个消息。”萨特思韦特说，“送上我最诚挚的祝福。”

“当然，我比她大很多岁，有点太老了。”

“她不这样认为；而且，她说了才算。”

“你真好，萨特思韦特。你知道，我之前以为她喜欢的是小曼德斯。”

“不知道你为什么会那样想。”萨特思韦特天真地问道。

“不管怎么说，”查尔斯爵士坚决地说，“她不喜欢他……”

第十四章　米尔雷小姐

他们向波洛保证二十四小时不打扰他，但事实不尽人意。

第二天上午十一点二十分，蛋蛋没打招呼就走了进来。她惊讶地发现，大侦探正在搭建纸牌屋。她脸上明显表现出讥讽之意，波洛不得不为自己申辩。

“小姐，我并不是上了年纪反而童心大发。不是。不过，搭建纸牌屋对我而言，可以激发我的思考。这是我的老习惯。今天早上，我第一件事就是出去买了副纸牌。很不幸，我犯了个错，买的不是真纸牌。不过这副也能用。”

蛋蛋凑近瞧了瞧桌上的成果。

她笑了起来。

“老天，他们卖给你的是‘欢乐一家人’①。”

“你说的那是什么？欢乐家人吗？”

“是的，那是一种游戏。孩子们在幼儿园玩的。”

“啊，好吧，还是一样可以搭屋子。”

蛋蛋从桌上拿起几张卡片，眼神温柔地审视着它们。

“面包师的儿子团团师傅——我一直都很喜欢他。这个是马

①欢乐一家人：一种英国传统卡牌游戏，每套卡牌分为多个四口之家的角色，游戏的目的是让每个四口之家各自团聚在同一玩家手中。

克杯太太，她是挤奶工的妻子。哦，天哪，这个应该就是我。”

“为什么这个好笑的人物是你呢，小姐？”

“因为这个名字。”

看着波洛迷惑的表情，蛋蛋笑了，便开始解释。听完解释，他说：

“哦，查尔斯爵士昨晚的意思就是这个啊。我还琢磨呢……马克杯杯……哦，对了，人们是不是在俚语中说，你是个马克杯——是个蠢货？你自然会改名字。你不喜欢当马克杯杯夫人吗？”

蛋蛋大笑。她说：

“好啦，祝我幸福吧。”

“我衷心祝你幸福，小姐。希望你的幸福不是青年时代的昙花一现，而是恒久的幸福，要有坚定的基石才好。”

“我会告诉查尔斯，你管他叫‘基石’。”蛋蛋说，“该说说我来找你商量的事情了。我一直在对奥利弗钱包里掉落的那张剪报思来想去，就是威尔斯小姐捡起来递还给他的那个。在我看来有两种可能：要么奥利弗说自己不记得剪报在那儿是撒谎，要么它从来都不在那儿。他掉了一小块纸，那个女人假装它是关于尼古丁的剪报。”

“她为什么要这样做呢，小姐？”

“因为她想处理掉它，故意嫁祸给奥利弗。”

“你的意思是，她是凶手？”

“对。”

“她的作案动机是什么呢？”

“问我也没有用。我只能说，她可能是个疯子，不顾一切。聪明的人头脑都很疯狂。我想不出还能有什么原因，实际上，我找不出任何犯罪动机。”

“毫无疑问，这个思路带向了死胡同。我不应该让你来猜动机。我在不断地问自己这个问题。巴宾顿先生被害身亡，其后的动机究竟是什么？我若能解答这个问题，案件便能破解了。”

“你不认为，仅仅出于疯狂……？”蛋蛋提出。

“不，小姐，不是你理解的‘疯狂’。凶案背后是有一个理性的原因的。我必须找出这个原因。”

“好吧，再见。”蛋蛋说，“很抱歉打扰你，但我刚刚冒出来这个念头。我得赶紧走了。我要和查尔斯去观看《小狗大笑》的带妆彩排，就是威尔斯小姐给安吉拉·萨特克里夫写的那部剧。明天晚上首演。”

“我的天哪！”波洛叫道。

“怎么了？发生了什么？”

“是啊，确实发生了一些事。一个念头冒了出来。一个绝妙的念头。哦，但我一直视而不见……视而不见……”

蛋蛋瞪着他。波洛似乎察觉到自己表现异常，于是恢复镇定。他拍了拍蛋蛋的肩膀。

“你觉得我疯了。根本没有。我听到你说的话了。你要去看《小狗大笑》，萨特克里夫小姐在剧中饰演角色。去吧，不要在意我刚说的话。”

蛋蛋半信半疑地走了。波洛独自一人，在屋里来回踱步，嘴里念念有词。他眼里放出猫一样的绿光。

“这就对了，所有事情都说得通了。是个奇怪罕见的动机，非常罕见，我以前从没遇到过。但动机是理性的，而且很自然，符合现下的情境。总体来说，是个非常奇特的案子。”

波洛走到桌边，纸牌屋还静静立在上面。他大手一挥，卡牌四散掉落。

“欢乐家人，我不需要它了。”他说，“问题已经解决，只剩下行动了。”

他戴上帽子，穿上大衣，走下楼去，门卫帮他叫了一辆出租车。波洛给出查尔斯爵士公寓的地址。

车到目的地，他付了款，走进大厅。服务员不在，没法坐电梯。波洛改走楼梯上去。他刚到二楼，查尔斯爵士的公寓门就开了，米尔雷小姐走出来。

看见波洛，她吓了一跳。

“你！”

波洛微微一笑。

“是我！或者说，我来了？我终于出现了！”

米尔雷小姐说：

“恐怕您见不到查尔斯爵士。他已经和利顿·戈尔小姐一同去巴比伦剧场了。”

“我不是来找查尔斯爵士的。我好像有一天把手杖落在这里了。”

“哦，这样啊。您可以按门铃，坦普尔会帮您找。不好意思，我要走了，得去赶一趟火车。我要去肯特郡，回我妈妈那儿。”

“我理解。你请便，小姐。”

他让到一边，米尔雷小姐快步走下楼。她随身带着一个小公事包。

她离开后，波洛似乎忘了他来这里的目的。他没有继续上楼，而是转身又走下楼。到大门口时，他刚好看到米尔雷小姐坐上一辆出租车。另一辆出租车沿着路边缓缓开来，波洛招手叫住。他坐上车，让司机跟上前面那辆出租车。

第一辆出租车直奔北走，开到了帕丁顿车站。按理说，要去往肯特郡，通常不应该从帕丁顿站出发，但波洛脸上并没显出意外的表情。他走到一等车厢售票处，买了到鲁茅斯的往返车票。五分钟后，火车启程。天气很冷，于是波洛将自己的大衣领子拉起，遮住半张脸，缩在一等车厢的小角落里。

大约五点钟，他们抵达鲁茅斯，天刚刚擦黑。波洛听到小车站的搬运工友好地问候米尔雷小姐。

"哦，小姐，我们不知道您要来。查尔斯爵士要过来吗？"

米尔雷小姐答道：

"我是自己要来的，提前没有打招呼。我明天一早会回去，只是来取些东西。不，我不用马车，谢谢。我会沿着悬崖小路自己走过去。"

暮色渐深。米尔雷小姐迈着有力的步子，沿陡峭蜿蜒的小路走上去。赫尔克里·波洛像只猫似的蹑手蹑脚地跟在远处。到鸦巢门口，米尔雷小姐从包里掏出一把钥匙，从边门进去，没有关严。一两分钟后，她从房子里出来，手中握着一把生锈的大门钥匙，还有一只手电筒。波洛稍稍退后，将身影掩藏在一片灌木后。

米尔雷小姐绕到鸦巢背面，沿一条杂草丛生的小路向上爬。赫尔克里·波洛跟在身后。米尔雷小姐爬啊爬，眼前突然出现一座石塔。这种石塔在当地沿海很常见，而这一座看上去很不起眼，似乎荒废已久。然而，石塔脏兮兮的窗户上却挂着一块窗帘。米尔雷小姐将钥匙插进沉重的木门。

钥匙转动，发出嘎吱嘎吱的声音，似乎很久没开过。大门吱呀一声打开，米尔雷小姐端着手电走了进去。

波洛快步跟上，悄无声息地进门。米尔雷小姐手中的光时不时闪过各种仪器——有玻璃曲颈瓶，还有煤气灯。

米尔雷小姐拾起一根撬棍。她举起棍子，眼看要砸向那堆仪器。突然，一只手拉住了她的胳膊。她倒吸一口气，转过身来。

波洛那双猫一样的绿眼睛直勾勾地看着她。

“你不能那么做，小姐。”他说，“你要销毁的是证据。”

第十五章　幕落

赫尔克里·波洛坐在一张大大的扶手椅上。壁灯已经关上，只留一盏昏暗的油灯，灯光隐约照出扶手椅上的人影。这幅场景似乎有些象征的意味——他自己在灯光下，查尔斯爵士、萨特思韦特和蛋蛋·利顿·戈尔三人坐在外围的黑暗中，成为波洛的观众。

赫尔克里·波洛的声音似乎从远方飘来，仿佛不是在向眼前的听者说话，而是向着远空。

“重现罪案经过是侦探的目标。为了实现这个目标，你必须将一个个事实组建起来，就像搭建纸牌屋一样。如果事实搭建不起来，纸牌达不到平衡，那么，你必须重新搭建纸牌屋，否则它就会倾圮……

“如我那天所言，世上有三种不同的头脑：一种是戏剧化的头脑，是制作人的头脑，能发现现实被技巧扭曲后的呈现效果；另一种是容易受到戏剧性效果左右的头脑，是年轻浪漫的头脑；还有一种，朋友们，就是一板一眼的头脑，这种人眼中没有蔚蓝色的大海与合欢树，只有舞台布景的彩色背景布。

“那么，我的朋友们，我就从八月底的斯蒂芬·巴宾顿被害案说起。那天晚上，查尔斯·卡特莱特爵士提出一个想法，认为斯蒂芬·巴宾顿是被谋杀的。我当时不同意这个想法，因为我不认为：第一，斯蒂芬·巴宾顿这样一个人有可能被谋杀；第二，在当晚的情况下，无法对特定的一个人下毒。

“此时此地，我承认查尔斯爵士是对的，我当时错了。我会犯错，是因为我当时看待这起凶案的角度完全错了。仅仅在二十四小时前，我才突然意识到看待这件事的正确视角，从这个视角解读，斯蒂芬·巴宾顿的被害既合理也合情。

“不过，我要暂时跳过这点，带领你们一步步踏上我走过的路。我将斯蒂芬·巴宾顿之死，称为我们这出戏剧的第一幕。我们都离开鸦巢之后，第一幕的大幕落下。

“我所谓戏剧的第二幕，始于蒙特卡洛，那时萨特思韦特将报纸上对巴塞洛缪爵士之死的报道拿给我看。事情马上一清二楚：我错了，查尔斯爵士是对的。斯蒂芬·巴宾顿和巴塞洛缪·斯特里兰奇爵士都是被谋杀的，而且两次谋杀是同一起案件的两个部分。之后，发生了第三次谋杀，整桩凶案就完成了——德·拉什布里奇太太被害身亡。因此，我们需要一个有理有据、合情合理的思路，将这三次谋杀联系在一起。也就是说，这三次谋杀都是同一人所为，他行事便利，也从中获益。

“可以说，让我一度最烦恼的是，巴塞洛缪·斯特里兰奇爵士之死发生在斯蒂芬·巴宾顿被害之后。不考虑三起谋杀的时间和地点，巴塞洛缪·斯特里兰奇爵士之死最有可能是所谓中心或主要谋杀，另两起在特征上看是次要的。也就是说，另两起谋杀是由于二人和巴塞洛缪·斯特里兰奇爵士的关系而发生的。然而，正如我以前所说的，人不能按照自己的意愿选择所办案件的样貌。斯蒂芬·巴宾顿首先被害，一段时间后，巴塞洛缪·斯特里兰奇爵士遇害。因此，似乎第二次谋杀一定是从第一次衍生出来的，我们必须调查第一起谋杀，才能得出整件事情的线索。

“事情发展到这里，我其实倾向于认为有一种可能性。我非常怀疑，谋杀发生了失误。有没有可能巴塞洛缪·斯特里兰奇爵士本应是第一个受害者，巴宾顿先生是被误杀的呢？然而，我被迫放弃了这个观点。与巴塞洛缪·斯特里兰奇爵士关系稍微亲近的人都知道，他不喜欢喝鸡尾酒。

“还有一个思路：凶手是不是本想杀害第一场宴会上的某人，结果不小心毒死了斯蒂芬·巴宾顿？我找不到任何证据。因此，我只得回到之前的结论，即斯蒂芬·巴宾顿无疑是被有意害死的。但我马上又遇到了障碍，这种事情显然是不可能发生的。

“人们在侦查案件时，都应该从最简单明了的思路着手。假设斯蒂芬·巴宾顿喝的鸡尾酒有毒，那么谁有机会下毒呢？我脑子里首先冒出的想法是，只有两个人可以做到，他们都经手了饮料：查尔斯·卡特莱特爵士自己，以及客厅女仆坦普尔。但是，尽管他们都有可能将毒物投入杯子，可他们都没有任何机会将这只杯子塞到巴宾顿先生手里。坦普尔可以调整托盘的递送角度，最后给他送上仅剩的一只杯子——这虽然不容易，但还是有可能做到的；查尔斯爵士可以故意拿起那只杯子递给他。然而，他们都没有这样做。似乎那只杯子最终落到斯蒂芬·巴宾顿手上，完全是偶然事件。

“查尔斯·卡特莱特爵士和坦普尔经手过鸡尾酒。他们有人在梅尔福特庄园吗？没有。谁最有机会给巴塞洛缪爵士的波尔多酒杯动手脚？潜逃的管家埃利斯，还有他的助手客厅女仆。不过，这里不能排除其中一位客人下手的可能。客人下手非常冒险，但还是存在可能性，因为任何参加宴会的客人都可以溜进餐厅，将尼古丁放入波尔多酒杯里。

“当我来鸦巢参加宴会时，你已经拟出名单，包括同时出现在鸦巢和梅尔福特庄园的人。我现在可以说出名单最前面的几个人：戴克斯船长和太太，萨特克里夫小姐和威尔斯小姐。我马上就排除了他们的嫌疑。

“这四个人都不可能事先知道，自己晚宴时要见到斯蒂芬·巴宾顿。采用尼古丁作为毒物，说明凶手是经过深思熟虑的，不会是某个人当场临时起意的行为。名单上还有三个人：玛丽·利顿·戈尔、利顿·戈尔小姐和奥利弗·曼德斯先生。虽然不太可能，但这三人还是有可能性的。他们是当地人，可想而知，他们或许有除掉斯蒂芬·巴宾顿的动机，于是选择当晚的宴会展开行动。

“另外，我却找不到任何证据，证明他们任何人确实犯下了罪。

“我想，萨特思韦特应该和我一样，在同一个思路中推理了很多，最终将目标锁定在奥利弗·曼德斯身上。在我看来，小曼德斯是迄今为止最有可能的嫌犯。在鸦巢当晚，他显露了所有高度紧张的迹象：由于他自己遇到过一些麻烦，他就对整个人生都产生了有些扭曲的看法；他有强烈的自卑感，这常常是凶案发生的原因；他现阶段生活不稳定，而且其实曾经与巴宾顿先生发生过口角——或者说，展现出了对巴宾顿先生的憎恶。还有，他抵达梅尔福特庄园的方式非常蹊跷。之后，他的说辞又很牵强，说他收到一封巴塞洛缪·斯特里兰奇爵士的信；威尔斯小姐还可以证明，他曾经有一张关于尼古丁毒性的剪报。

“综上，奥利弗·曼德斯显然是七人当中，嫌疑最大的。

“但是，朋友们，我产生了一个奇怪的感觉。明显符合逻辑的是，进行谋杀的人一定是两次都在场的人；换句话说，是七人名单中的一人。但我有种感觉，这种显而易见的状态是有人精心安排的。任何头脑理智、有逻辑的人，都难免会这样想。我感觉，自己实际上看到的不是现实，而是巧妙设计的布景。一个聪明的凶手会想到，名单上的人必然会有嫌疑，因此，凶手会事先准备好，不出现在名单上。

“也就是说，谋杀斯蒂芬·巴宾顿和巴塞洛缪·斯特里兰奇爵士的凶手两次确实都在场，但在表面上看不出来。

“谁第一次在场，第二次却不在呢？查尔斯·卡特莱特爵士、萨特思韦特、米尔雷小姐和巴宾顿太太。

“这四个人中，有谁可能以其他身份出现在第二次凶案的现场吗？当时，查尔斯爵士和萨特思韦特都在法国南部，米尔雷小姐在伦敦，巴宾顿太太在鲁茅斯。那么，四人当中，米尔雷小姐和巴宾顿太太似乎是有可能的。但是，米尔雷小姐能够出现在梅尔福特庄园，却没人认出她吗？米尔雷小姐的外貌特征非常明显，让人过目不忘，无法轻易伪装。因此我认为，米尔雷小姐不可能默默去过梅尔福特庄园现场。巴宾顿太太的情况也一样。

“既然如此，萨特思韦特或者查尔斯·卡特莱特爵士有没有可能现身梅尔福特庄园，却没人认出呢？萨特思韦特只是稍有可能；但如果我们审视查尔斯·卡特莱特爵士，就完全是另一种情况了。查尔斯爵士是一位演员，经常扮演不同角色。但他可能演过谁呢？

“于是，我想到了管家埃利斯。

“埃利斯身上疑团重重。他在凶案发生前两周凭空出现，又在之后消失得无影无踪。埃利斯为何能毫无踪迹可循？因为埃利斯并不存在。埃利斯，正如我所说的，是布景板、油彩和表演创造出来的人物——埃利斯不是真人。

“然而，这可能吗？毕竟，梅尔福特庄园的仆人都认识查尔

斯 · 卡特莱特爵士，巴塞洛缪 · 斯特里兰奇爵士还是他的好朋友。关于仆人，我很快就想通了。扮作管家毫无风险，如果仆人们认出他来，也无伤大雅，整件事当个玩笑就过去了。如果两周过去还无人怀疑，那他就安全了。我想起仆人是怎么评价管家的：他‘很有风度’，曾经在‘上流家庭’服侍过，还知晓几个有趣的丑闻。做到这些轻而易举。但是，客厅女仆爱丽丝的一句话值得玩味。她说：‘他的工作方式与我认识的其他管家都不一样。’我重新琢磨这句话，便确证了自己的想法。

“不过，巴塞洛缪 · 斯特里兰奇爵士又是另外一码事。他的朋友在他面前很难蒙混过关。他肯定知道乔装打扮这回事。有论据支撑吗？当然。敏锐的萨特思韦特在办案之初就抓住了关键一点——巴塞洛缪爵士的打趣，与他平时对待仆人的方式完全不同。他说：‘埃利斯，你真是个一流的管家，对不对？’如果查尔斯 · 卡特莱特爵士是管家，巴塞洛缪爵士也知晓内幕，那么这句话就完全说得通了。

“因为，在巴塞洛缪爵士眼中，事情无疑就是这样。假扮埃利斯是个恶作剧，甚至双方打了赌，最终目标是要成功骗过所有宴会客人。因此，巴塞洛缪爵士才会做出惊讶的评论，语气欢快幽默。同时要注意，此时凶手尚有回旋的余地。若在头一天傍晚的餐桌上，任何一位客人认出了查尔斯 · 卡特莱特，不可挽回的事情还没有发生。整件事可以当作一个玩笑，大家笑笑就过去了。但是，没人注意到那位驼背的中年管家，他双眼漆黑如墨，装扮着胡须，手腕上画了一个胎记。胎记是一个不容易发现的辨认特征，但完全没有起到作用，因为大多数人都缺乏观察力！凶手设计它，本来希望它能成为埃利斯外貌的最大特征，但整整两周，完全没人发现过它！只有眼尖的威尔斯小姐留意到了，我们一会儿要说到她。

“接下来发生了什么呢？巴塞洛缪爵士死了。这一回，他没有被归结为正常死亡。警察来了。他们盘问了埃利斯和其他人。当天深夜，‘埃利斯’通过密道离开庄园，恢复了自己的身份，两天之后漫步在蒙特卡洛的花园中，准备好面对自己朋友的死讯，装作震惊万分的样子。

“提醒各位，现在都只是推测的想法。我没有确凿的证据，但案件的每个发现都符合这个想法。我的纸牌屋搭建得很好。埃利斯房间内发现的勒索信？可那是查尔斯爵士自己发现的！

“至于巴塞洛缪·斯特里兰奇爵士或许给小曼德斯写过信，请他伪造意外，是怎么回事呢？哎，查尔斯爵士以巴塞洛缪爵士之名写那封信，简直易如反掌。如果曼德斯没有自己销毁那封信，假扮埃利斯的查尔斯爵士可以在服侍他的时候，轻易替他销毁。同样，埃利斯也轻而易举地将剪报放进了奥利弗·曼德斯的钱包里。

“接下来，我们谈谈第三位被害人——德·拉什布里奇太太。我们何时第一次听到德·拉什布里奇太太的名字？就在听到夸赞埃利斯是完美管家的奇怪玩笑之后——那是巴塞洛缪·斯特里兰奇爵士的异常表现。无论如何，必须将大家的注意力从巴塞洛缪爵士对自己管家的态度上转移开。于是，查尔斯爵士赶紧询问管家递来的电话留言内容。留言是关于这个女人的，她是医生的病人。查尔斯爵士马上使出浑身解数，将大家的注意力引到这个未知女人的身上，不让大家留意管家。他前往疗养院，询问护士长。他全力在毫不相干的德·拉什布里奇太太身上大做文章。

“话说到这儿，我们要探讨一下威尔斯小姐在这出戏剧中扮演的角色。威尔斯小姐有着奇特的个性。她是那种在人群中毫不起眼的人。她不漂亮，也不机智幽默，甚至让人喜欢不起来。她毫无特色，非常平凡。但是，她极具观察力，异常聪慧。她以自己手中的笔报复世界，有能力将人物在纸上重现。我不清楚管家是否有哪里让威尔斯小姐觉得不寻常，但我认为，她是餐桌上唯一留意到他的人。谋杀发生的第二天早上，她膨胀的好奇心驱使她‘四处窥探’——用女仆的话说。她溜进戴克斯夫妇的房间，穿过绒呢门进入仆人的活动区，我想都是受到猫一样敏锐的直觉引导。

“她是唯一引起查尔斯爵士不安的人，因此查尔斯爵士急于成为走访她的人。见过交谈后，他放下心来，尤其对她注意到胎记这点非常满意。但紧接着，出现了重大意外。我想，直到此时，威尔斯小姐才将管家埃利斯与查尔斯·卡特莱特爵士直接联系起来。我认为，她起先隐约觉得埃利斯与某个人有些相似。不过，她是位观察家，管家将菜品递给她时，她不由自主地留意到——不是脸，而是端菜的手。

“她原来没有想到埃利斯就是查尔斯爵士。但是，查尔斯爵士去找她谈话时，她便突然想到查尔斯爵士就是埃利斯！于是，她请查尔斯爵士假装递给她一盘蔬菜。不过，她感兴趣的不是确认胎记究竟在左手腕还是右手腕，她只是想有个机会再好好看看他的手——从管家埃利斯上菜的角度看他的手。

“因此，她便得出了真相。但她是个奇怪的女人，只是为了知道而知道。此外，她也不确定查尔斯爵士有没有谋杀自己的朋友。他假扮成管家，没错，但这并不说明他一定是凶手。很多无辜的人保持缄默，因为说出口的话会让自己处境尴尬。

“所以，威尔斯小姐没有将自己的发现告诉任何人，也享受独自获知秘密的乐趣。但查尔斯爵士忧心忡忡。他不喜欢自己离开房间时，威尔斯小姐脸上那抹得逞的满意微笑。她知道些什么。是什么呢？会影响到他吗？他无法确定。但他觉得，一定与管家埃利斯有关联。先是萨特思韦特，现在又是威尔斯小姐。必须要把大家的注意力从那个关键点上转移开。必须转移到其他地方。他于是想出一个计划——简单，大胆，而且在他看来无疑让案件更加扑朔迷离。

“我想，在我举办雪利酒会那天，查尔斯爵士应该起了个大早前往约克郡，用破旧的衣服进行伪装，将电报送给一个小男孩发出去。接着，他及时赶回伦敦城，为客人表演我的小小剧目。他还做了一件事。他给一个素未谋面、一无所知的女人寄出了一盒巧克力……

“当晚发生的事情你们也都知道。查尔斯爵士焦躁不安，我由此确认威尔斯小姐心中有所怀疑。查尔斯爵士表演自己的‘死亡场景’时，我观察了威尔斯小姐的脸。他看到她脸上写满震惊。于是我就知道，威尔斯小姐绝对怀疑查尔斯爵士是凶手。当他似乎同另两个人一样，也被毒杀之后，威尔斯小姐以为自己的推理肯定错了。

“但是，如果威尔斯小姐怀疑查尔斯爵士，她的处境便万分危急了。一个作案两次的人，必定还会再次作案。我提出了严正警告。当天夜里，我与威尔斯小姐通了电话，在我的建议下，她第二天出其不意地离家外出，之后便一直住在这家酒店里。我的建议非常明智，因为第二天晚上，查尔斯爵士从吉尔林回来之后，再次去了杜丁区。他去晚了，扑了个空。

“与此同时，从查尔斯爵士的角度看，计划进行得非常顺利。德·拉什布里奇太太有重要事情告知，却在告诉我们之前被杀了。多么戏剧性！与侦探小说、戏剧、电影多么相似！又是布景板、装饰花边和油彩画布的把戏。

“但是，我赫尔克里·波洛没有被蒙骗过去。萨特思韦特说她是被杀人灭口。我同意。他继续说，德·拉什布里奇太太之所以被杀，是为了不让她把知道的事情说出来。我说：‘或者她不知道的事情。’我想，他当时有些困惑，但后来应该看清了真相。德·拉什布里奇太太会被杀害，是因为她其实什么都不能告诉我们，因为她跟这起案件毫无关联。若要她成为查尔斯爵士故布疑阵的一颗棋子，她只能这样死掉。于是，德·拉什布里奇太太，一位无关痛痒的陌生人，就这样被杀了……

“然而，即便查尔斯爵士那表面成功的计划下，也暗藏了一个巨大的错误，甚至幼稚低级！电报是发给我赫尔克里·波洛的，直接抵达丽思酒店。但是，德·拉什布里奇太太从没听说过我与这起案件有关系！那里的人们都不知道。这是个非常低级的错误，令人难以置信。

“很好，我此时已经取得了阶段性成果。我知道了凶手的身份。但是，我还不清楚他第一次作案的动机。

“我冥思苦想。

“再次审视整个案件，我认为巴塞洛缪·斯特里兰奇爵士正是最初计划的目标，这一点现在无比明晰。查尔斯·卡特莱特爵士究竟为什么杀害他的朋友呢？我能琢磨出一个动机吗？应该可以。”

有人深深叹了口气。查尔斯·卡特莱特爵士缓缓站起身，踱到壁炉旁边。他站在那儿，一只手扶在腰后，俯视波洛。萨特思韦特或许会说，查尔斯爵士的态度好像是伊戈尔蒙特勋爵嘲讽地看着卑鄙的律师，后者已经成功地将诈骗的罪名强加在他身上。他周身散发着高贵和厌恶于此的气息，俨然一副贵族的架势，向下俯瞰着卑贱的暴民。

“你的想象力真是非同一般，波洛先生。”他说，“不消说，你的故事里没有一句真话。我不清楚你怎么胆敢编造这样一堆荒谬可笑的谎言，还讲得有模有样。不过你还是继续吧，我很感兴趣。我为什么会杀害打小就认识的人，动机是什么？”

平民赫尔克里·波洛抬起头来，看着高大的贵族。他迅速给出坚定的回答。

“查尔斯爵士，我们有句话说得好：‘寻找那女人。’[①] 我就是从这个角度找出了动机。我看到了你与利顿·戈尔小姐相处时的情形，很明显，你爱着她——全身心爱着她，那是中年男人的翻涌爱意，通常由天真无邪的年轻女孩激荡而起。

“你爱她。我也看得出，她对你有英雄崇拜情结。你只要开口，她便会投入你的怀抱。但你不肯开口。为什么呢？

“你在自己的朋友萨特思韦特面前，装成一个分辨不清对方心意的求爱者，愚钝迟缓。你假装认为利顿·戈尔小姐心里爱着奥利弗·曼德斯。但我要说，查尔斯爵士，你是个阅历丰富的人，跟女人相处的经验不少。你不可能被蒙骗。你完全清楚，利顿·戈尔小姐爱着你。既然如此，你为什么不娶她呢？你是想与她结婚的。

“一定是有某种阻碍。会是什么呢？只能是你已经有了一位妻子。但从没有人说过你结婚了，人们口中你一直未婚。那么，这场婚姻应该是你早年的经历了——在你成为冉冉升起的演艺新星之前。

①寻找那女人：原文为法语。出自法国作家大仲马的小说《巴黎的莫希干人》，在书中重复出现多次。在小说改编的舞台剧中有一句台词：“每个事件背后都有一个女人。”后该句话意指侦探小说的固定模式：无论案件情况如何，其根本原因总能归溯到一个女人身上。

“你妻子身上发生了什么事呢？如果她还活着，为什么没人知道她的存在？如果你们已经分居，应该离婚才是。如果你的妻子是一位天主教徒[①]，或者不愿意离婚，人们还是会知道她与你已经分居。

“但还有两种不幸的情况，法律无能为力。与你结婚的女人也许在某个监狱终身服刑，或者被关在一家精神病院里。两种情况下，你都不能离婚，而假如一切都是早年间发生的，则没有人会知道。

“如果没人知道你的过去，你就可以直接与利顿·戈尔小姐结婚，不必告知真相。但是，假如有一个人知道——一个自小就认识你的人呢？巴塞洛缪·斯特里兰奇爵士是位正直可敬的医生。他或许深深同情你，体谅你发展私情或不正当的行为，但你若是与一位毫不知情的年轻女孩步入重婚的殿堂，他是不会袖手旁观的。

“在你与利顿·戈尔小姐结婚之前，必须先除掉巴塞洛缪·斯特里兰奇爵士……”

查尔斯爵士哈哈大笑。

“亲爱的老巴宾顿呢？他也知道这回事吗？”

“我一开始的确这样想过。但是，我很快发现，没有情况证明他知道内情。此外，我最初的疑虑尚未解决。即便是你将尼古丁放在鸡尾酒杯里的，你也不能保证它最终能放到他手里。

“这是我的疑问。接着，利顿·戈尔小姐偶然间的一句话突然启发了我。

“下毒的目标并没有设定是斯蒂芬·巴宾顿，而是当时在场

①天主教徒：天主教不允许离婚。

的任何人。只有三个人例外：利顿·戈尔小姐，你小心将一杯安全的酒递给她；你自己；还有巴塞洛缪·斯特里兰奇爵士，你知道他不喝鸡尾酒。”

萨特思韦特叫道：

“但这完全没道理！这样做有什么意义？没有啊。”

波洛转向他。他的声音里带着一丝胜利的味道。

“哦，有意义的。奇怪的原因，非常奇怪。这是我唯一一次遇到这种谋杀的动机。谋杀斯蒂芬·巴宾顿正是一场带妆彩排。”

“什么？”

“是的。查尔斯爵士是一位演员，他遵从了自己演员的直觉。正式作案之前，他先验证是否可行。他不会有任何嫌疑，他无法从任何人的死中直接获益。不仅如此，正如大家所看到的，别人无法证明他特意毒死了谁。而且，朋友们，带妆彩排进行得非常顺利。巴宾顿先生死了，甚至没人怀疑个中蹊跷。只有查尔斯爵士自己提出了疑问，而看到我们都不赞成，他非常满意。替换玻璃杯也毫无障碍。事实上，他能够确定，当真正的表演来临时，一切都会‘大获成功’。

“如你们所掌握的情况，事情发生了一点小小的变化。第二次作案时，一位医生刚好在场，他马上怀疑有人投毒。这时，强调巴宾顿之死就非常有利于查尔斯爵士了。大家一定会认为，巴塞洛缪爵士被害，是前一次谋杀的后续。人们的注意力会集中在谋杀巴宾顿的动机，而不是除掉巴塞洛缪爵士的可能动机。

“但是，查尔斯爵士没有注意到一件事——米尔雷小姐敏锐的观察力。米尔雷小姐知道老板在花园石塔里鼓捣化学实验。她为玫瑰喷剂付过款，发现很多都无缘无故消失了。看到巴宾顿先生死于尼古丁中毒的消息后，她聪明的脑瓜马上想到，查尔斯爵士从玫瑰溶剂中提取了纯生物碱。

“米尔雷小姐不知道该怎么办，因为她从小就认识巴宾顿先生，但同时她又作为一个外表丑陋的女人，默默深爱着自己魅力四射的老板。

“最终，她决定销毁查尔斯爵士的仪器。查尔斯爵士自己倒是非常自信能成功，从没考虑过有必要这样做。她去了一趟康沃尔，我跟随其后。”

查尔斯爵士又大笑起来。他看起来无比像一位精致的绅士，被一只老鼠大大破坏了兴致。

“一堆老旧的化学仪器就是你的全部证据吗？”他鄙夷地问道。

“不是。”波洛说，“还有你的护照，上面记录了你返回和离开英格兰的日期。以及，在哈佛顿郡立精神病院住着一个女人，名叫格拉蒂丝·玛丽·马克杯杯，是查尔斯·马克杯杯的妻子。”

迄今为止，蛋蛋一直安安静静地坐着——全身僵住了。但现在她有了动静。她轻呼一声，近乎呻吟。

查尔斯爵士转过身，仪态不减。

“蛋蛋，他所说的你一句都不相信，对吗？”

他笑起来，伸出双手。

蛋蛋仿佛催眠一般慢慢走上前。她直直望着爱人的眼睛，眼神充满恳求和痛苦。接着，就在进入他的怀抱之前，她动摇了。蛋蛋垂下双眼，左右顾盼，好像需要下定决心。

随着一声哭叫，她跪坐在波洛身边。

“这是真的吗？这是真的吗？”

波洛双手扶住蛋蛋的肩膀，坚定温柔。

“是真的，小姐。”

没人开口，只有蛋蛋的啜泣声。

查尔斯爵士似乎一瞬间苍老了许多。那是一张老人的面庞，一个猥琐恼怒的好色之徒。

“见你的鬼。”他说。

在他的演艺生涯中，从未如此充满强烈恨意地说过一句话。

他转过身，走出房间。

萨特思韦特眼看要起身，波洛却摇了摇头。后者还在安抚啜泣的姑娘。

“他会逃跑的。”萨特思韦特说。

波洛又摇摇头。

“不，他只会选择自己退场的方式：是在万人瞩目下慢慢退场，还是快步走下舞台。”

有人轻轻推门走了进来。是奥利弗·曼德斯。他经常挂在脸上的嘲讽表情不见踪影，脸色苍白，郁郁寡欢。

波洛向女孩弯下身。

“瞧啊，小姐。”他轻柔地说，“有个朋友来接你回家了。”

蛋蛋站起身来。她不确定地看着奥利弗，然后踉踉跄跄地迈出一步。

“奥利弗……带我去找妈妈吧。哦，带我去找妈妈。”

他搂住蛋蛋，带她走向门口。

“好的，亲爱的，我带你回去。来吧。”

蛋蛋双腿止不住地发抖，几乎走不动路。奥利弗和萨特思韦特搀扶着她。到了门口，她稳住心神，扭过头来。

“我没事。”

波洛打了个手势，奥利弗·曼德斯又返回房间。

“好好待她。”波洛说。

“我会的，先生。在这个世上我只在乎她——你知道的。因为爱她，我才变得尖酸刻薄、愤世嫉俗。但我现在不一样了。我会一直在她身边。直到有一天，或许……”

“我同意。”波洛说，“我想，蛋蛋已经开始对你有感觉了，只是他突然出现，迷昏了她的头脑。对年轻人来说，英雄崇拜情结真是个极大的危险。有那么一天，蛋蛋会爱上一个朋友，将自己的幸福建立在稳定的基石上。”

波洛温柔地目送小伙子离开房间。

不一会儿，萨特思韦特回来了。

“波洛先生，”他说，“你真棒，棒极了。”

波洛表情谦虚。

“这没什么，没什么。一场分为三幕的悲剧，现在大幕已经落下。”

“请见谅，我——”萨特思韦特说。

“嗯，还有需要解释的地方吗？”

“还有一件事我想不明白。”

“问吧。”

“为什么你有时英语讲得非常好，有时却不好？”

波洛笑了。

“啊，我解释一下。我的确可以说一口流利地道的英语。但是，我的朋友，讲磕磕巴巴的英语是巨大的优势，会让人看不上你。他们会说，一个外国人，连英语都讲不好。我并不想把人们威慑住，而招来他们无伤大雅的打趣。同时，我也吹牛！英国人经常说：‘一个自视甚高的人，往往无甚能力。’那是英国人的观点，不过完全不对。你瞧，这样一来，我就让别人放下戒心了。此外，”他又补充道，“这已经成为习惯了。”

“我的天，”萨特思韦特说，“真是只狡猾的老狐狸。”

他沉默一阵，又回想了一遍案件始末。

“我恐怕在这个案子上不太灵光。”他有些恼火。

“正相反。你留意到了重要的一点——巴塞洛缪爵士对管家的评语；你发现了威尔斯小姐敏锐的观察力。事实上，你若不是个爱看戏的人，容易受到戏剧效果的左右，你完全可以破案。”

萨特思韦特看起来很开心。

突然，他冒出一个念头，惊掉了下巴。

“我的天哪，”他叫道，“我刚刚才意识到。那个混蛋，他的毒酒！谁都有可能喝掉。有可能是我。”

“还有一个更恐怖的可能性你没有考虑到。”波洛说。

“什么？”

“有可能是我。”赫尔克里·波洛说。

图书在版编目（CIP）数据

三幕悲剧 /（英）阿加莎 · 克里斯蒂著；范祥镇译．-- 北京：新星出版社，2018.11（2020.8 重印）

ISBN 978–7–5133–3253–8

Ⅰ. ①三… Ⅱ. ①阿… ②范… Ⅲ. ①侦探小说－英国－现代 Ⅳ. ① I561.45

中国版本图书馆 CIP 数据核字（2018）第 230351 号

午夜文库
谢刚 主持

三幕悲剧

（英）阿加莎 · 克里斯蒂 著；范祥镇 译

责任编辑：曹晓雅
统筹编辑：王　欢
责任校对：刘　义
责任印制：李珊珊
封面插图：宣　和
封面设计：周伟伟

出版发行：新星出版社
出 版 人：马汝军
社　　址：北京市西城区车公庄大街丙3号楼　100044
网　　址：www.newstarpress.com
电　　话：010-88310888
传　　真：010-65270449
法律顾问：北京市岳成律师事务所

读者服务：010-88310811　service@newstarpress.com
邮购地址：北京市西城区车公庄大街丙 3 号楼　100044

印　　刷：北京美图印务有限公司
开　　本：910mm × 1230mm　1/32
印　　张：8.125
字　　数：189千字
版　　次：2018年11月第一版　2020年8月第三次印刷
书　　号：ISBN 978-7-5133-3253-8
定　　价：39.00元